地球的朋友們
作者◎溫小平
繪圖◎蔡嘉驊

推薦序

人對大自然的反思

張子樟

有心從事兒童文學創作的人常為尋找適當題材而苦惱不已，因為他們想知道我們的孩童究竟喜歡什麼樣的故事。其實，我們周遭到處都是故事，等待有心的優秀作家擷取。仔細思考，下面這些題材都可以在作家的生花妙筆下，化成感人的故事：家庭（包括核心家庭、大家庭、單親家庭、新住民家庭等）、同儕、青春問題（自我發現、獨立、性等）、生存與冒險、殘障者、文化差異、運動、尋根。除了這些之外，還是另有其他題材可以讓他們發揮才情。

如果我們回頭檢視台灣近二十年的本土兒童文學作品，會訝然發現，真正能以短篇故事或小說形式呈現人與大自然互動的作品並不多。讀者如果想了解台灣海洋生態，可以閱讀海洋作家廖鴻基的作品；陳昇群則多次藉由科展的故事刻畫當代學童如何增長自然知識；王文華也寫過拯救地球系列故事。相對之下，溫小平《地球的朋友們》這本書的寫法和前面這三位作家不太相同。

在作者虛擬手法下，與地球關係極為密切的太陽、月亮、星星，氣候現象（風、雨、雲、雪），地球本身的海洋、河川、森林，再加上頻密的地震，都有與地球相關的故事，都直接或間接影響到未來地球的存亡。作者以她的奇想虛構上述的這些擬人化的大小實物或現象，如何在不同的時空，以自己該扮演的適當角色，來關切地球的存亡，同時批判地球人的種種罪過，因為大地的反撲幾乎全是地球人造成的。作者同時期待地球人能自我反省，調整與大自然的互動。

適合青少年閱讀的好作品多少都具備「提供樂趣」、「增進了解」與「獲得資訊」這三種似乎完全以讀者為出發點的功能，本書也不例外。作者應用豐富的想像力，將虛擬的大小角色擬人化，對話與動作完全與人類一模一樣，孩子看了，免不了會心一笑。同時，作者還不露痕跡的把相關知識一一融入，讓孩子不知不覺的吸收了許多該具備的知識。她關心大自然環境的不斷變遷實況，因此，在故事有趣的敘述過程中，不時加入最新的資料，達成「獲得資訊」的功能。

孩子在閱讀這本書之後，如果想對地球之美有進一步的認識，可以讀讀阿爾多．李奧帕德(Aldo Leopold)的《沙郡年記——李奧帕德的自然沉思》(A Sand County Almanac: with other essays on conservation from Round River)和約翰．繆爾(John Muir)的《夏日走過山間》(My First Summer in the Sierra)這兩本以散文筆法描寫大自然之美的好書。當然也要順便細讀瑞秋．卡森(Rachel Carson)的《寂靜的春天》(Silent Spring)這本至少已影響兩代人的好書。

自序

變形金剛都愛地球，我們呢？

溫小平

我常跟朋友說，我比較喜歡以前的生活。我寧願沒有電梯大樓、沒有高鐵、沒有冷氣、沒有電腦……，而多流一些汗、多走一點路、多花一點時間，卻可以擁有美好的生活環境。

可是，時代不斷進步，回到從前已經是不可能的「幻想」，那麼我們到底可以做些什麼，搶救地球，讓地球恢復上帝創造時的美好。

為了讓地球人住得快樂健康，上帝先後創造光和空氣、天地海洋、動植物、日月星辰，當一切都布局好了，上帝才創造男生、女生。

同時，上帝給予地球人一項榮耀無比的任務——管理地球。

照說，我們應該努力呵護地球，如同父母盡心照顧孩子，讓地球永遠保持美好。

可是，沒想到，各式各樣的災難在地球各地發生，氣溫升高了、冰原融解了、地震愈來愈大、海嘯愈來愈高，平原被大水淹成河流，湖泊乾涸成為草原，這個地球正在不斷改變，而且愈變愈陌生，甚至一天天衰老。

雖然我在自己的廣播節目《天使不打烊》中呼籲，在「溫小平的溫暖小屋」部落格抒發心情，藉著臉書提醒大家，可是，我發現，我一個人的力量實在太小了，我不斷思索，我該怎麼辦？

就在一個失眠的夜晚，我突然從床上跳起來，為什麼不替地球的朋友寫故事，讓大家知道他們對地球人的愛心，聽聽他們心裡的話，說不定可以集合更多人的力量，搶救地球。

因為我很喜歡旅行，走過許多國家，在世界的各個角落觀看大自然，於是，我開始回想我跟這些「朋友」的邂逅。

我在美國大峽谷守候日出、看到威尼斯渡船上的大月亮、德國海德堡的優美內卡河、北愛爾蘭清澈透明的藍色海水，在每架飛機上欣賞千變萬化的雲朵，還有瑞士少女峰逐漸消退的冰河讓我感傷……。

故事開始一個個在我腦海中醞釀。可是，我對大氣科學的知識並不完備，要怎麼下筆呢？幸好，研讀氣象的小君慨然相助，讓我順利完成十一篇故事。

希望透過書中的故事，讓每位讀者了解大自然愛我們如此深，然後，用力的按一個「讚」，繼續把這樣的故事說給別人聽，介紹給別人看，或許，可以形成「愛地球網路」。

這本書快要完稿時，電影《變形金剛》正在全球放映，博派的變形金剛，雖然只是地球的過客，他們卻拚命的保護地球，甚至犧牲生命，因為他們在地球人身上感受到其他星球沒有的「愛」。

變形金剛都懂得愛地球，身為地球人的我們，又要如何愛地球？

目錄

小太陽的志願

宇宙大學是太陽國的高等學府，每年只招生一次，錄取率十分低，成績優良的畢業生，有朝一日，很可能成為太陽國的接班人，所以，太陽國的孩子，莫不躍躍欲試，希望取得入學資格。

圓家的紅紅也不例外，爸爸認定紅紅絕對可以考入宇宙大學，然後選讀「烈日學院」，因為烈日學院培育的學生，幾乎年年都獲得太陽國的宇宙大獎。

「這樣你就可以高高在上，讓大家又愛又怕，只要你一生氣，地球就倒大楣了。」這也是爸爸長久以來的夢想。

紅紅用力搖頭，「爸爸，你不是說，因為有太陽供應能量，地球上的動植物才可以活下去，我要做地球的好朋友，我不要讓大家怕我。」

媽媽連忙推銷自己的喜好，「那你應該念『落日學院』，彩霞那千變萬化的化妝技巧，是他們的獨門功夫。想想看，每天都能換一張五顏六色的臉孔，這種變臉功夫多有挑戰性啊！」

「那更可怕了，我大概很快就會忘了哪一張臉才是我自己的臉。」紅紅對媽媽的建議也沒有興趣。

紅紅五歲那年，爸媽帶她登山渡假時，她遠遠望著地球上點綴著藍水晶似的海洋、碧玉般的森林，她就愛上美麗的地球，成為地球的超級大粉絲，她喜歡吃地球造型的糖果、睡地球枕頭、背地球包包，甚至蒐集地球相關的飾品。

所以，紅紅最想做的是日出，讓每個早起的地球人，第一個看到她。因為她知道，許多地球人都喜歡坐在山頂、躺在海邊、趴在高樓窗口，滿心喜悅的期待日出。

爸爸擺出一家之主的威嚴，「先不管你要考哪一個學院，有分數才有志願，爸爸幫你請了太陽國最棒的家教，你從明天起要認真學習，準備考試。」

於是，紅紅開始她艱苦的考前密集班，上課的項目很多，除了太陽國的歷史、宇宙的知識，還有每年必考的項目──「高空彈跳」。如果紅紅沒有完成老師每天要求的進度，就不能下課。

老師特別提醒她，「你如果想當日出，就要學會怎麼跳出山頭，而且要比所有的同學跳得高、跳得準才行。」

每當她聞到窗外飄來的香味，她就知道媽媽正在做軟綿綿、甜滋滋的雲粉卷，不由肚子就餓了。

可是，愈急愈練不好，好幾次摔到地上，痛得眼淚直流。這時，地球的某個地方就會降下一陣陣的太陽雨。

老師一點也沒有同情紅紅的意思，不斷催促她，「趕快練，像你這樣不專心，將來怎麼為你們家爭光榮啊？」

當她跟媽媽抱怨老師好嚴厲的時候，媽媽鼓勵她，「你看看爺爺，年紀這麼大了，每天還是很認真的擔任烈日的工作。如果爺爺也像你一樣偷懶，整個地球就毀了。乖乖練習，媽媽相信你一定可以實現自己的願望。」

紅紅為了要當日出，只好很努力的練習彈跳，而且愈跳愈好。老師的臉上總算露出笑容，「接下來，你要練習如何控制自己的彈跳高度與方向，否則，萬一跳偏了，地球就會亂成一團。」

可是，同樣的功課不斷重複做，總是會膩的。她好希望有個伴陪她，說笑話、玩猜謎遊戲。

剛巧，紅紅練到一半時，老師身體不舒服，提早下課。紅紅趴在雲朵之間，觀看海面翻滾的浪花，一波高一波低，跟雲朵的飄動完全不同，撲面一陣涼風，好舒服啊！她真想跳到海裡玩玩水。

她突然看到穿著綠色海藻衣的海王子，坐在礁石上嘆息，她好奇的問，

「嗨！你是不是小海？你是不是也在練高空彈跳？」

海王子抬起頭，驚訝的問，「你怎麼知道我叫小海？」

「我聽媽媽說過海洋國的許多故事，她說你跟我是同一天出生的，那天好熱鬧喔，大海翻騰了七天七夜，太陽24小時沒有下山。」

「那你一定是紅紅了。」海王子興奮的說，「我也聽說過你的故事。我爸說，我們出生的時候，發生許多怪異現象，表示我們將來要做大事，所以逼我努力練習翻滾。唉！真的好累好無聊。」

「我陪你一起練習好不好？」紅紅提議，「我覺得你的翻滾比較有趣。」紅紅的彈跳功夫已經練得很純熟，不待小海回答，就「噗通」一聲跳下海。

小海先示範基本的翻滾動作，紅紅跟著他做，不一會兒就抓到竅門，玩得不亦樂乎，「我好喜歡住在海裡，真不想回去了。小海，我們交換地方住好不好？」

「不好吧！我如果到天空去，就會天天下雨，地球就會起大洪水。你到海裡來，海水的溫度就會上升，魚蝦立刻就會死亡。」小海勸阻紅紅打消換家的念頭。

「我只是說說而已，我媽告訴過我，生來是太陽國的，就是太陽國的，不要胡思亂想。」紅紅調皮的笑笑。

為了每天可以到海裡玩耍，紅紅練習得更加認真，以便提早下課，跟海王子衝浪。他倆相處愈久，紅紅愈不想回家，甚至，她發現自己開始有點喜歡小海，回家的時間愈拖愈晚。

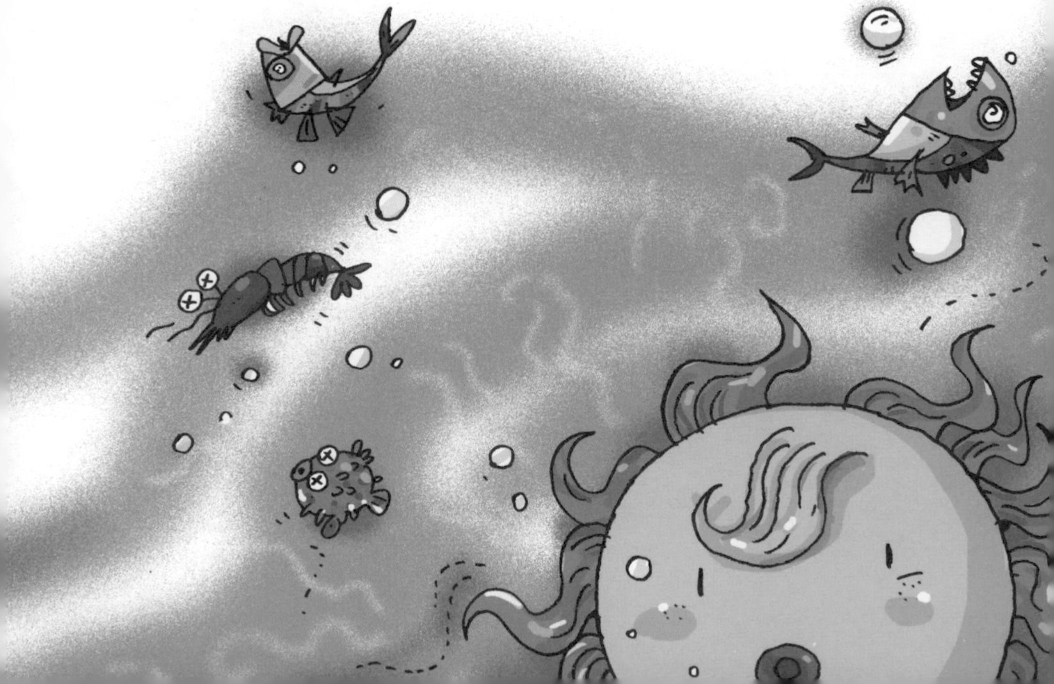

這天，紅紅又跟往常一樣，跟小海在浪花間穿梭，跟海豚捉迷藏，突然，海龜游了過來，跟小海說，「海王子，快回家吧！你媽媽說，今天的天氣跟往常不同，怕要變天了。」

紅紅說，「要變天，我一定最先知道，怎麼可能？」她抬起頭來，向天空張望，卻發現夕陽餘暉雖然跟往常一樣漂亮，但是，卻很短暫，一眨眼天就黑了。

難道，太陽國出事了？

她連忙趕回家，這才知道奶奶罹患重病，爺爺突然決定提前退休，太陽國急著尋找接班人，於是，宇宙大學的考試也要提前舉行。

認識小海之後，紅紅更堅定她報考日出學校的決心，因為日出離小海最近。可是，她不敢告訴爸爸，心想，偷偷報了名，等到考完試，爸爸發現也來不及了。

剛出門不久，紅紅遇見隔壁的小煙，好奇的問他，「你決定考哪一所學院了嗎？」

小煙挺起胸膛，神氣活現的說，「像我這麼熱力十足，冰山冰原見了我立刻融化，地球人誰不怕我？烈日學院的榜首非我莫屬。」

「可是，我聽說烈日學院的人緣很差，地球人最近不斷抗議太陽光太強烈，紫外線不斷增加，明明跟太陽無關，他們卻氣得要把太陽趕走呢！」紅紅很納悶。

「那是地球人自己不好，消耗太多的能源、釋放許多的廢氣，每次開會要減碳，卻只是說說而已……，我不跟你說了，我要趕快去報名了。」

走啊走的，紅紅遇見賣地球糖、火星卷、土星派的藍婆婆，藍婆婆知道紅紅要去報名，豎起大拇指說，「你要加油啊！希望你能念落日學院，為地球人留下最美的夕陽。想當初，我曾經獲得最迷人的落日金牌。」

不管大家的意見如何，紅紅決定堅持己見。沒想到，日出學院的報名隊伍好長，連小煙都在排隊領號碼牌，紅紅問他，「你不是要念烈日學院嗎？是不是滿額了？」

小煙尷尬的抓抓頭，「不好意思，我騙你的，因為我不想天天挨罵，萬一又被地球的神射手射下來怎麼辦？」

她無奈的轉個彎到烈日學院，意外發現，年年高踞入學排行榜第一，必須熬夜排隊搶先報名的烈日學院，竟然門可羅雀。昔日的英雄已經過氣了？還是，大家都怕跟地球的毀滅扯上關係？

紅紅站在宇宙大學的高樓上，眺望著遠方的地球人，在不斷的暴風雪、大洪水、地震……當中疲於奔命，冰原不斷融解，海水愈來愈高，莫非，她喜愛的地球有一天真的會消失不見？

她想起小海常常跟她說的話，「即使是我們不喜歡的事情，只要帶著一顆愛心去做，往往會有意想不到的結果。」

紅紅擦掉臉上的淚水，告訴自己，既然她那麼喜愛地球，她就應該幫地球做一些事，而不是逃開。或許她只能遠遠的望著海王子，懷念過往的愉快時光，但是她相信，小海也會贊同她的決定。

於是，她鼓起勇氣走向烈日學院，她相信，只要她努力用功，一定會想出辦法改善太陽跟地球的關係。

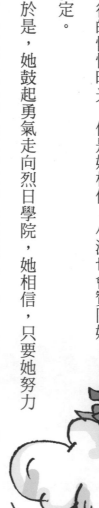

太陽愛地球

每天早晨，當我們還在熟睡中，太陽就緩緩升起，用他的光驅走黑暗，以他的熱溫暖我們，使得地球上的生物，可以繼續生長。由此可見，太陽很愛我們，不管地球人如何抱怨，太陽太熱了，太陽讓我們長黑斑、得皮膚病，可是，他還是繞著地球轉，不拋棄我們。

不過，他的溫度實在太高了，即使表面都高達六千度，所以，他必須跟我們「保持距離，以策安全」，以免傷了地球。只是，這個距離可真遠，高達一億五千萬公里呢！

想想看

1.太陽跟地球一直都保持固定距離，為什麼我們覺得太陽愈來愈熱？

2.太陽的壽命有多長？萬一太陽死了，地球怎麼辦？

都是月亮惹的禍

自從地球開始暖化，居住條件愈來愈差的時候，許多地球人不想辦法減碳，挽救地球，反而計畫遷居到鄰近的月球，換個地方生活。

於是，月球成為地球人的熱門景點，登月小艇愈來愈頻繁，讓月亮國的人不勝其擾，絞盡腦汁想要阻擋一波波的地球人。

這一天，地球的登月小艇又來了。而且，超過以往的數量。

月亮國四處響起警鐘，彷彿即將遭遇空前大浩劫，各族長老都接到緊急通知，必須立刻趕到宇宙會議廳，商討解決的辦法。

朦朦族的小寒望著爸爸忙進忙出，好奇的問，「爸爸，你不是說要善待遠方來的朋友，為什麼我們不歡迎地球人呢？」

「因為這些地球人的生活習慣很不好，不但留下一大堆垃圾，而且還帶來各種細菌，讓我們月球人罹患許多怪病。」爸爸很耐心的回答。

「奇怪了，他們沒有自己的家嗎？為什麼他們不喜歡住在自己家裡？」小寒很喜歡自己的家，朦朦的大眼睛，透過朦朦的窗，看出去都是朦朦的世界，多麼詩情畫意！

爸爸套上月光靴，準備出門，邊摸摸小寒的頭說，「因為啊！地球上的礦產愈來愈少，地球人認為，我們月球曾經遭受過巨大隕石撞擊，很可能藏著奇異的礦石，想要偷偷來開採。」

媽媽則說，「地球上的女生以為月亮國每個人皮膚都是白白的，想到這裡做月光浴，讓自己變白，所以，最近來的登月小艇大都是美白整形團。」

小寒抓抓頭，覺得這些地球人太笨了，難道他們不知道，月亮國的白天和晚上的氣溫相差有多大嗎？他們只會被晒成焦炭，怎麼可能變白？

月亮大會開了三天三夜，月球人一族族聚在大小坑洞的廣場上，望著月光牆上的轉播畫面，想要知道各族長老到底提出了什麼緊急對策，小寒也跟同學小壺擠在矇矇族之中看熱鬧。

有著圓圓的大光頭的光光族長老說，「我們特製的光光摩天輪，又快又高，只要把這些地球人送上去，讓他們轉得頭暈目眩，他們就會嚇死了不敢再來。」

朦朦族的人大聲笑著，「摩天輪有什麼好怕的，地球上的摩天輪到處都是，誰嚇誰啊！」

每到夜晚就會全身發亮的亮亮族長老說，「我建議把地球人送到寧靜海，淹死他們，或是送到晴朗海，晒死他們。」

朦朦族的人這回笑得更大聲了，「寧靜海又沒有水，怎麼淹死他們？況且，我們月球人是最友善的星球，也是地球的衛星，怎麼可以如此殘暴？」

「對對對！」小寒附和著，爸媽常常教他要有愛心，即使別的星球來犯，也要用愛感化他們。

無論走到哪裡都會帶一把彎刀的彎彎族長老咳了幾聲說，「那我們就不要他們的命，把他們高高吊在山上，只能遙望地球，卻回不了家。這個點子不錯吧！」

一張臉半黑半白的半臉族長老卻說，「何必大費周章，勞師動眾，辛辛苦苦的登上高山，乾脆把他們騙到坑洞裡，然後消除他們的記憶，他們就不會記得曾經來過月球。」

朦朦族的人長長嘆了一口氣，「地球人現在發明了電腦，即使人腦失去記憶，他們還有電腦，這麼簡單的道理，為什麼月球的長老們卻不懂？回家吧！我們只好自求多福了。」

小壺很懊惱的跟小寒說，「怎麼辦？我們也要回學校去上課了。」

「噓！」小寒把小壺拉到一邊，「我們先不要回學校，我帶你去地球人可能會降落的地方，如果我們可以勸走他們，哈！我們就變成月亮國的大英雄了。」

「那不是很危險嗎？他們會有傳染病。」小壺的抵抗力很弱，每次生病都拖得很久才痊癒。

「你忘了我們立志要做月光俠的？走啦！去看一下就好。」

當他倆繞過學校的後山，靠近霧海時，愈來愈偏僻，小寒跟小壺說，「我上次偷聽到我爸爸跟他同事說，因為霧海附近是最佳的隱蔽處所，所以有些登月小艇會在那裡降落。」

矇矇族的人都有一對大眼睛，能穿透各種雲霧，即使視線不佳的霧海，也難不倒他們。走沒多遠，小寒果然聽到奇怪的聲音，只見一個戴著透明帽的地球人倒在地上呻吟。

「不要靠過去。」小壺嚇得尖叫不已。

可是，小寒卻鼓起勇氣靠過去探視他，這才發現地球人因為不適應月球的環境，臉上、身上冒出許多水泡，「糟糕，他生病了，我們要趕快把他送到地洞裡，否則他會死掉的。」

經過幾天的悉心照顧，地球人慢慢醒了過來，小壺對他說，「你趕快回地球吧！我們不歡迎你。」

小寒也說，「這是我們的家，你應該回到你的家。」

地球人搖搖頭，「地球已經快不能居住了，我擔心他有一天會整個毀滅

掉。我每天晚上看著月亮，深深為他著迷，我想，只有月球離我們最近，應該也最適合我們，要不然，為什麼那麼多地球人來過都不想回去了？」

小壺拉拉小寒，「不要跟他囉嗦了，既然他回地球、留在月球都是死路一條，就隨便他好了。」

「不行，這樣還是會有很多地球人來送死，我們也會被他們煩死掉。這樣好了，我們帶他去月光博物館的『地球展覽場』，再讓他做決定。」

當地球人走進「地球展覽場」，他嚇得目瞪口呆，原來嫦娥不是傳說，而是確有其人，她已經成為一具焦黑的化石，和其他不同年代的地球人，躺在玻璃櫥窗裡，有的地球人則成為冰柱，佇立在冰宮裡，每個地球人前面都立著一塊閃閃發亮的牌子，記錄著他們登陸月球的時間，以及死亡的原因。

「我們的祖先不忍心破壞你們地球人的想像，所以一直不敢告訴你們真相。」小壺無奈的說。

小寒則補充說，「那些地球人沒有回去，不是因為月球太美太好，而是月球根本不適合他們。我聽我爸爸說，月球突擊隊可能要採取激烈手段趕走地球人，趁著還來得及，你的登月小艇還沒有被發現，你趕快走吧！」

地球人邊流淚，邊低著頭走出「月光博物館」，走向他來時的登月小艇。臨上小艇前，他跟小寒、小壺揮揮手，「謝謝你們告訴我真相，只要我能夠平安回到地球，我會勸阻他們的。」

雖然小寒不知道地球人是否還會不斷騷擾月球，至少他們可以享受片刻的安寧了。

月亮愛地球

月亮的光芒雖然比不上太陽，可是，他對地球更癡心，他跟地球的距離只有三十四萬四千四百公里，而且，他永遠都是以同一面望著地球。如果搭噴射機，差不多十五天就會到月球，也許就是這個緣故，地球人常常拜訪月球。

月球上有無數的高山、數萬個坑洞，還有一些沒有水的「海」，根據科學家研究，這些火山熔岩形成的洞穴，很適合地球人居住。

每當我們看到月亮，就知道我們應該睡覺休息了。所以，不要熬夜喔！

想想看

1.一個人的臉長滿青春痘，為什麼我們形容他像月球表面？

2.如果中了登月大獎，你想搬到月球居住嗎？為什麼？

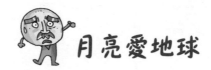

千變萬化的雲朵

天上的天上，是一圈圈一團團白雲聚集的地方，這也是白雲王國的大本營，從古至今，不曉得多少地球人想要偷竊白雲的設計祕笈，卻不得其門而入。

因為在廣大浩瀚的宇宙之中，只有白雲的形狀變化多端，沒有人猜得透他們下一分鐘又會變成什麼樣，所以，不只是地球人，其他星球也試著加入探索大隊，但是，都在白雲之間迷了路，僥倖的，還能找到回家的路。

於是，白雲王國每年一度的「千變萬化盃設計大賽」，自然成為四大家族——高雲族、中雲族、低雲族、直展雲族的必爭之地，誰都不願意輸給對方。

尤其是低雲族，因為他們的高度低，比較接近地球，又是灰濛濛、平坦無變化的層雲，再怎麼精心設計，也變不出花樣，所以，每戰必敗，已經連續十五年嘗到敗績。

為了一雪前恥，他們不斷派出星探，在低雲族之中，尋找明日之星，從小開始栽培。

絲絲、滾滾、朵朵三兄妹就是其中最受矚目的。

從他們的名字就可以看得出來，他們的父母多麼希望他們能成為設計高手，所以，他們很小就考進設計學校，放棄優厚獎學金的編織學校或是可以遊山玩水的運輸學校。

尤其是絲絲，在校期間就得到不少獎項，她設計的白雲作品，難度極高，是編織好手們最大的挑戰，往往要花幾天幾夜才能完工。

至於滾滾呢？他也不是泛泛之輩，他的作品往往集合卷雲、積雲、層雲的元素，十分繁複，運送途中還要保險，一不小心就會損傷。

只有朵朵，經常蹺課，作業常常遲交或不交，老師跟他父母說過很多次，讓朵朵轉學，可是，當媽媽問朵朵是否不想念設計學校時，朵朵卻說，「我很喜歡啊！每天可以畫圖，多快樂。」

「那你上課為什麼不認真？」爸爸有些不高興，「你知道你的學費很貴嗎？」

朵朵聳聳肩，「可是，我不想設計那些送到地球上面的雲，我喜歡設計各種點心給大家吃。」

「唉！我怎麼生了你這麼個沒有出息的孩子。」爸爸只能搖搖頭，「還好，絲絲、滾滾可以為我們家爭口氣。」

理所當然的，在低雲族萬分看好之際，絲絲、滾滾報名參加「千變萬化盃」。

朵朵呢？好整以暇的躺在雲上，試吃著彤彤按照他設計的圖樣做出來的雲卷雪花糕。

彤彤雖然是中雲族的，她卻是朵朵的好朋友，當大家都嘲笑朵朵時，她獨排眾議，支持朵朵實現自己的理想。

可是，眼見朵朵那麼有天份，卻不願意參加比賽，忍不住問他，「朵朵，你是不想跟自己的哥哥姊姊競爭，還是因為你討厭地球，不想為地球設計天空的雲？」

朵朵吃下最後一口雲卷雪花糕，跳起來說，「我喜歡帶給大家快樂，你看，大家每次吃到我設計的點心，笑得多麼快樂。而地球呢？不管我們怎麼精心設計，他們不是嫌棄我們層雲不漂亮，一大片一大片的悶死了，要不然就是怪我們的積雲又厚又沒變化，害他們到處淹大水，更誇張的是，他們自己製造一堆汙染的空氣，讓雲哥哥雲姊姊們咳嗽好幾天，卻怪我們的雲不會下雨，到處鬧乾旱。

真是討厭的地球人。」

「我還是覺得你應該參加比賽，不管地球人怎麼對我們，我們還是要愛他們，老師不是教我們要以德報怨嗎？」

「絲絲和滾滾去參加就夠了，你為什麼那麼希望是我去比賽呢？」

彤彤的臉比平常更紅了，「因為，因為……你是我的朋友啊！你得獎，我也有光榮。」藏在彤彤心底的祕密是，她喜歡朵朵。

「再說吧！」朵朵把報名單丟在一旁，他現在要好好享受陽光的溫暖，不想傷腦筋。

比賽期間，白雲王國的各族代表、各路英雄豪傑，都擠入會場，想要看看鹿死誰手。這時候，街上冷清清的，沒辦法到會場的，就在家裡收看轉播，沒有人想工作想上學，寧願餓著肚皮，也不願意錯過這麼精采的比賽。

這也是地球萬里無雲的時刻，沒有風、沒有雨，熱不可當，儘管地球人哀聲

呼求，甚至派出飛機製造人造雲，可是，只要白雲家族不出門，他們還是功虧一簣，白忙一場。

出人意外的，這一次參賽的高雲族，作品平平，卷雲像鳥的羽毛或是蘆葦，頂多加了一點淡淡的紅。卷積雲則是一堆堆像池塘裡的漣漪或是海魚的魚鱗，評審只有搖頭的分。

中雲族的高積雲稍稍多了點變化，彷彿連綿不斷的海浪，不斷擊打海岸，或是像一座座高低有致的山峰，或白或藍。

低雲族的絲絲的參賽作品，則讓眾人讚嘆不已，看似灰濛濛一大片，白天時，太陽若隱若現。到了夜晚，星星則閃爍不停。

滾滾設計的層積雲，則是一連串的圓球雲，滾動在高低起伏的平原丘陵上，歡呼聲更是此起彼落。

直展雲族知道他們打不過低雲族，乾脆交了白卷。

大家紛紛猜測，這一回低雲族要揚眉吐氣了，因為不是滾滾，就是絲絲會得到設計大獎。

可是，萬萬沒想到，評審最後宣布結果時，低雲族的滾滾得了第三名，第二名從缺，評審團主席說，「因為我們覺得這次參賽的作品，雖然華麗美觀，可是創意不夠，所以我們決定第二名從缺。」

大家的嘆息聲透過一層又一層的白雲傳到地球，好像打雷一般。

「難道，第一名也會從缺，還是，絲絲得第一名？」低雲族的族人猜測著，心也懸得高高的。

緊張、緊張，真是緊張，地球人仍在哀求雲朵快點出來，雲族們卻睜大眼睛等待第一名得主出爐。

評審團主席這時候又說話了，「今年的第一名是我們全體評審一致認為最具創意的，也最具有『千變萬化』特色，所以，他是我們有史以來第一次得到全數通過的第一名。得獎的是——低雲族的朵朵。」

站在會場角落的朵朵嚇呆了，他沒有聽錯嗎？他根本沒有報名參加比賽啊！

一旁的彤彤卻興奮的大喊，「朵朵在這裡，朵朵在這裡。」

朵朵有點生氣的問，「彤彤，是你偷偷幫我報名的嗎？」

彤彤拚命搖頭，「不是你自己報名的嗎？」

朵朵被大家推向台前，低雲族的人鼓紅了手掌，其中最最高興的卻是朵朵的媽媽，是她看到朵朵隨意畫出的作品，讓她怦然心動，於是，她偷偷送去參加比賽。

評審團主席在台上繼續說著，「朵朵的作品，在簡單中充滿變化，雲朵不但可以隨著陽光的溫度變幻形狀，也能反映出地球的現狀，當地球上的工廠排放黑煙，空氣過分骯髒時，雲層會變厚，降下大

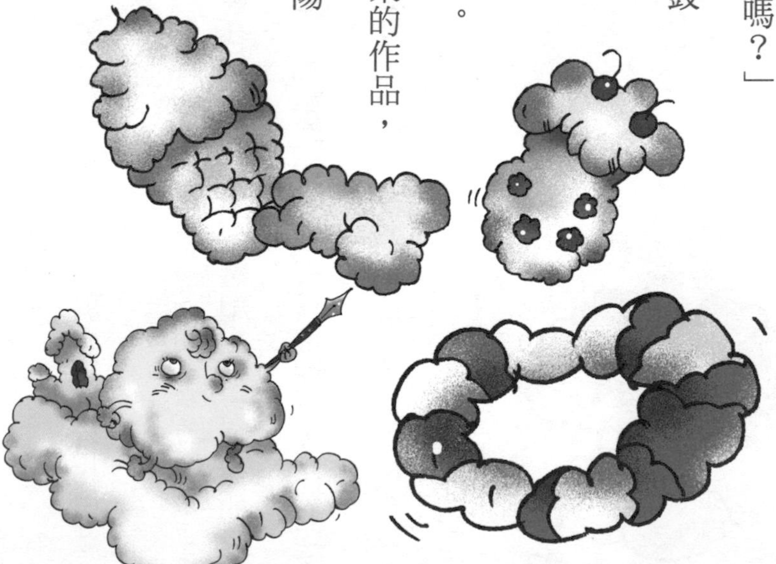

雨，給地球人警告。可是，只要空氣品質變好時，卷雲的邊就會顯出紅橙黃綠藍靛紫七種顏色，變成彩虹雲。」

雖然朵朵口口聲聲說他討厭地球，卻在他的作品中，透顯出他對地球的愛，他上台領獎的時候，說出的第一句話就是，「雖然我不知道是誰把我的作品送來參賽，但是我謝謝他，因為我始終記得去年過世的老師說的話，愈精采的作品愈簡單，而充滿愛的作品，才是最棒的作品。」

雲朵愛地球

萬里無雲的天空，我們會覺得他很漂亮，可是，沒有雲，我們也可能覺得酷熱難當，因為，天上無雲，雨就下不來了。所以，雖然有人覺得，下雨天的道路難行，可是，乾旱的日子更加難受吧！

有了雲，我們才能夠等到「天降甘霖」。

偏偏，雲的心情最難捉摸，雲的形狀千變萬化，他會受到高度、水氣含量影響，眨眼之間，改變他的模樣。所以，想要了解雲，是一門高深的學問呢！

想想看

1.天空之中，可能同時出現好幾種雲嗎？

2.從雲朵的各種形狀中，你會聯想到什麼？

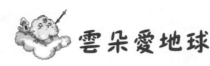

雨滴不愛碰碰樂

地球人流行一句話，碰撞才能產生火花。因為，這樣可以激發出精采的創作。

雨滴國流行的說法則是，碰撞才能更加強壯，因為小雨滴就能結合大雨滴，變成更大的雨滴。

於是，每個小雨滴自幼就要學習碰撞的技巧，以免撞不過其他雨滴，碎得七零八落，很快的被吞併，之後，完全不見蹤影，好像雨滴國從來不曾有過他這號雨滴。那是多可悲的一件事。

所以，雨滴國的創意部絞盡腦汁，研發出一種難度極高的舞步——碰碰樂，挑戰每個雨滴的碰撞技巧。只要是有創意的雨滴，都投入設計「碰碰樂」的最新舞步、最炫的服裝，希望成為全國的話題焦點。

這麼一來，不管走到哪裡，雨滴們幾乎都在談論「碰碰樂」，似乎他們這一生都是為碰撞而活。許多雨滴為此得了躁鬱症，變成全國性的疾病。

只有纖纖，對碰撞興趣缺缺，媽媽為了提起她的興致，鼓勵她說，「纖纖，只要你肯乖乖上完初級課，媽媽就帶你出國參觀雲朵朵的作品展覽。」

可是，纖纖寧願放棄她喜歡的雲國明星，也不願意學習碰撞，眼淚汪汪的跟媽媽說，「媽媽，你不要勉強我，我的身體太纖細，根本禁不起碰撞。我會受傷、我會死掉，我會來不及長大就離開你了。」

「你難道要沒沒無聞過一生嗎？」

媽媽皺起眉頭問。

纖纖點點頭，「大不了，我就做毛毛雨好了。」

爸爸唉聲嘆氣，「就怕你連毛毛雨都做不成。如果你還是選擇逃避，不肯學『碰碰樂』，我就不認你這個孩子！」

黃昏時刻，爸媽和鄰居們都到廣場上學習「碰碰樂」的新舞步，纖纖邊流淚，邊走出家門，既然爸爸媽媽都不喜歡看到她，她也沒有臉留在這個家裡。

她經過一家冰店，平常熱鬧非凡的店，這會兒冷冷清清的，坐著發呆的，大都是跟她一樣不喜歡「碰碰樂」的雨滴吧？

她聽到一個蒼老的聲音說，「我好懷念以前，大家都過著安居樂業的生活，只要按時在地球各地降下適度的雨量就好了，不需要日以繼夜學跳『碰碰樂』，

也不需要各家把孩子送到訓練班集訓，曾幾何時，大家都忘了最簡單的生活就是最快樂的生活。」

纖纖聽了好感動，立刻衝進去說，「我也是這樣想的，讓我做你的孩子吧！」

沒想到她卻看到渾身是病的灰雨滴，流著鼻涕、駝著背，坐在輪椅裡面，灰雨滴咳著嗽說，「我連自己都照顧不了，你走吧！」

纖纖嘆了一口氣，難道就找不到跟她志同道合的雨滴嗎？

這時，遠處的水晶池邊，浪漫雨滴搖頭晃腦的讀著手中的詩集，「清明時節雨紛紛、小雨不斷打在我的頭上……，你看看，這些是地球人對雨滴國的描寫，多生動。」

纖纖很興奮的問他，「你也打算當那個像牛毛像花針像髮絲像一縷縷的相思的毛毛雨嗎？讓我跟你一起走。」

「不要不要，我是一個獨行俠，我要孤單的、寂寞的、淒涼的飄落我的身影，我不需要同伴。」

浪漫雨滴拒絕了纖纖的要求。

就在這時，眼前出現一支壯大的隊伍，打聽之餘，才知道是即將向地球出發的「破紀錄大隊」，他們的隊長正在精神訓話，「大家還記得嗎？印度的乞拉朋齊，一年內降下兩萬多公釐的雨，我們一定要打破這個紀錄。我們要讓雨滴遍滿整個地球，讓所有地球人都重視我們的存在。」

纖纖想，她乾脆搭一趟順風車，不需要學跳讓她鼻青臉腫的「碰碰樂」，說不定她就可以揚名立萬，讓爸媽又驚又喜。

可是，隊長立刻否決她的申請，「我們的隊員都是身經百戰，拿過全國『碰碰樂』冠軍的好手，你夠資格嗎？」

纖纖羞窘的低下頭來，她什麼都不是，她當然沒有資格。其實，為了不讓媽媽失望，她曾經鼓起勇氣偷偷學「碰碰樂」，也不過幾分鐘，纖纖差點連腰都斷了，嚇得她只好遠遠避開這種致命遊戲。

正在一籌莫展之際，纖纖聽到路過的水車大聲廣播，「來吧！來吧！你是不

是到處受到排擠，找不到自己的一席之地，歡迎加入『絕地反攻大隊』，締造不可能的輝煌歷史。」

纖纖連忙跑過去索取他們的傳單，上面斗大的字寫著：

「如果雨滴的命運就是降落在地球上，

我們就要以最美麗的身形落下。」

他們到底要降落在那兒呢？纖纖繼續讀著傳單上的介紹，嚇得渾身發抖。這些雨滴竟然要執行不可能的任務，落在將近一百年沒有下雨的智利的阿塔卡馬沙漠。

那多可怕啊！那是出名的死亡之地，非但長不出任何生物，就連砂土裡也沒有半點生命，雨滴一落地，就會立刻被沙漠吞噬，等於是送死嘛？這樣的生命到底是偉大還是愚蠢？

走了半天，肚子也餓了，纖纖昏昏沉沉的幻想著，她是身輕如燕的毛毛雨，飄啊飄的，落在地球情侶的臉上，癢癢的。男生伸出手來，接住毛毛雨，送給女生說，「希望我的愛情像毛毛雨一般，永遠是這麼溫柔。」沒想到，女生竟然罵她，「你要死啦！要你帶傘你不帶傘，害我的頭髮都淋溼走樣了。」

纖纖整個嚇醒了，好像女孩的怒吼就在耳邊。可是，她卻虛弱得無法站起來。

病倒在路邊的纖纖，被送回家裡，媽媽忍不住說，「爸爸只是說氣話，你怎麼就當真了？」媽媽邊說邊流下眼淚，撫摸著纖纖的臉龐，問她，「你有什麼心願？」好像她即將結束生命。

其實，她也是有夢的，不像大家所想的，是一個沒有志氣的小雨滴。只是她怕痛，也怕受到嘲笑，始終不敢說出來。

「我想要落在亞馬遜河，我聽老師說過，那是全地球水量最大的河流，地球上許多人都倚賴這條河，只要能做偉大河流中的渺小一滴雨，可以讓地球人繼續活下去，我就心滿意足了。」

「傻孩子，既然這樣，你更應該好好練習『碰碰樂』，讓自己成為強壯的雨滴，可以供應亞馬遜河更多的水量啊！」爸爸沒有嘲笑她，反而鼓勵她。

看診的醫生也豎起大拇指誇獎纖纖，「你這個孩子，凌雲壯志喔！」

纖纖覺得好累好累，閉上眼睛睡著了，她好希望自己一覺醒來，還有機會變成大雨滴。

雨滴愛地球

對地球人以及地球上大多數的動植物來說，都少不了水，而天上降下的雨水，正好可以供應我們的需要。

雨水是由許多小雨滴形成，為了愛地球，雨滴必須犧牲小我，完成大我，合併成許多大雨滴，然後降落地面。

這些雨有大有小，太小了，滋潤不了土地，有時候還必須實施「人造雨」。可是，雨太大了，就會造成水患，尤其是近幾年，地球各地都在鬧水災。

想想看

1.雨滴可以選擇自己降落的地點嗎？

2.地球人到底做了什麼事情，惹惱了雨滴，導致雨滴常常鬧情緒？

雪勇士的背叛

白雪王國向來平和，沒有戰爭、沒有疾病，連打架鬧事都很少發生，正如同他們國家的代表色——白色，那樣的純潔無瑕疵。

比較帶點武者氣概的就是派駐地球各地戍守的雪勇士，他們或是駐紮南極、北極，或是盤據各國的高山頂峰，不管發生什麼事情，十年如一日，忠心護守，從來不曾退卻。

雪精靈的爸爸也是雪勇士一員，長年駐守紐西蘭的柯克山，一年才能跟家人相聚一次。雖然雪精靈難得見到爸爸，但是他知道，爸爸從事的工作很重要，所

以，他不能因為自己的私心，獨自擁有爸爸。

其他的雪族們，大都擔任設計雪花圖案的編織家，繪製巨幅雪景的畫家，教導雪之舞的舞蹈家，以及參與追蹤雪花降落速度的測量大隊，還有觀察各地降雪量的氣象大隊，大家各司其職，倒也和樂融融，跟地球成為好朋友。

雪精靈的媽媽就是出名的雪花編織家，她曾經幫雪勇士們設計非常帥氣的服裝，因而認識爸爸，彼此相戀而結合，即使相隔遙遠，他們的愛情卻是白雪王國的經典詩篇。

雪精靈經常聽媽媽訴說爸爸的豐功偉業，所以，立志向爸爸看齊，也要做一名雪勇士，護衛地球。

可是，地球人卻不安於室，除了大規模發射太空船，想要移民其他星球，甚至在地球各處砍伐森林、使用石化燃料，頻頻破壞大自然，造成全球暖化。

結果，白雪王國也深受其害，白雪變成灰色，雪勇士一一陣亡，死傷不斷的增加。

雪勇士的領導者——雪將軍，不忍心見到自己的子弟兵傷亡，氣得心都痛了，他跟國王爭取了無數次，國王還是堅持「以和為貴」，不採取任何行動。

雪將軍只好透過各大通訊網發出消息，號召白雪王國的有志青年，跟他一起離開南北極、離開高山，到各國教訓地球人，讓地球人嘗嘗苦頭。

因為雪將軍極有影響力，他的舉動嚇壞國王和大臣們，擔心因此破壞他們跟地球的關係，不斷呼籲雪族們冷靜。

「你們要固守崗位，到暖帶、熱帶去，只有送死一途，不要白白犧牲性命啊！」

雪將軍卻不斷遊說雪勇士們加入他的行列，發表極為煽動性的演說，「我們付出一生，換來的卻是地球的忘恩負義，我們不能再沉默了，不能再坐視我們的同胞一個個死去，讓我們一起去征服地球的暖帶、熱帶。」

響應的雪勇士們愈來愈多，這時，雪精靈的爸爸卻被調回白雪總部，眼見事態嚴重，他卻無計可施，只能在家裡搖頭嘆息、跺腳踏步。

雪精靈著急的問爸爸，「爸爸，你也會離開紐西蘭，跟雪將軍到暖帶熱帶的國家去嗎？」

爸爸沉思一會兒說，「我一輩子都在柯克山脈度過，日子雖然單調，我卻心甘情願，因為那是我的責任，我從來沒有想要大紅大紫。直到有一部全球賣座的電影在紐西蘭高山地區拍攝，才有人注意到我們的存在。可是，那又怎麼樣？即使從來沒有紅過，我還是寧願待在紐西蘭，不想離開。」

媽媽一邊繪製雪花圖，抬起頭問雪精靈，「小精靈，你呢？你想去哪裡呢？」

雪精靈歪著頭說，「我只想成為地球小孩窗前的第一場雪。」

哥哥大笑著說，「啊？這是你的願望，太渺小了吧！只要冬天結束，你就沒有價值了。」

「沒關係，那是我從小的夢想。爸爸說的，不管渺小或是偉大，跟我扮演的角色無關，只要是對的事，我就應該勇往直前。」雪精靈堅定的說。

雪將軍果然號召一批雪勇士們，離開南極。南極大陸百分之九十五的冰原，向來都是冰雪覆蓋，卻開始融解，企鵝、海豹、抹香鯨的居住環境也受到影響，全地球最寒冷之處的氣溫開始升高，白雪的顏色也不再純白。

北極的情況也好不到哪兒去，本來就因為碎冰減少而難以獵食藏匿浮冰下的環斑海豹的北極熊，一隻隻餓死了，這下子連小北極熊也難逃被媽媽吃掉的命運。

當雪精靈聽到這個消息時，難過得不得了。

更慘的還在後面，雪將軍率領的雪勇士們登陸的國家，例如英國、德國、中國、印度、韓國……，無一倖免，全都飄下地球有史以來最大的風雪。

道路被雪勇士占據了，房屋被雪勇士壓垮了，農作物也被雪勇士奪走了，成群的地球人凍死街頭，地球人嚇得紛紛躲在家裡，不敢出門。

雪將軍興奮的舉杯慶祝他們的節節勝利，毫不把地球人的哀號放在心裡，「這是他們自討苦吃，誰要他們製造過量的二氧化碳。他們剝奪我們雪國的生存權，我也不讓他們好過。哈哈哈！」

彷彿有魔鬼住進雪將軍的心裡，白雪王國昔日的安詳平和，全都消失不見了。

白雪王國這時發出緊急呼籲，提供各種獎金，希望年輕一輩的雪勇士重回北極、南極。

雪精靈望著北極冰原上哀哀哭號的小北極熊，幾乎是命在旦夕，眼神中露出絕望，他的眼淚也流了下來。

爸爸再度回到紐西蘭，堅守崗位，執行不可能的任務。他臨走時跟媽媽說，「也許，這是我們最後一次見面，可是，不管我到了哪裡，你要永遠記得，我都是愛你的，只是我不能因為維護自己的愛，忘記自己的任務。」

爸爸走了，媽媽雖然難過，她卻告訴雪精靈，「這就是你爸爸，我就是愛這樣的他。」

可是，當媽媽知道雪精靈已經簽下志願書，準備前往北極時，卻哭得好傷心，「為什麼你也要離開我？你還這麼小，你的生命才剛剛開始。」

「媽媽，因為我愛你，所以我希望別人也有機會愛他的媽媽。至少哥哥可以陪伴你，請你為我禱告，也許我有機會可以再回到你身邊。」

雪精靈收拾行李，跟媽媽、哥哥告別，加入北極遠征隊。

他要飄落在北極熊的家鄉，希望還來得及為小北極熊製造夠大的浮冰，讓小北極熊可以覓食，可以生存下去，也可以有機會長大當媽媽。

即使他很快就會融解，他也不在乎。這是他的第一次任務，也可能是最後一次任務，他也不在乎。

到了北極上空，雪精靈看準方向，一直飄、一直飄，飄舞出他媽媽設計的雪花圖案，他在心裡默默的說，「小北極熊，等等我，我來了。」

雪花愛地球

雪花是很有個性的，他雖然都是規律的六角形，卻沒有兩個雪花是一模一樣的。而且，雪花不會隨意降落，他對海拔或緯度的高低都很挑剔。例如喜馬拉雅山就是終年積雪，而南極更是整年都被厚厚的冰雪覆蓋。可是，台北要下雪，幾乎是不可能的。

感覺上，雪很冷，他卻有一顆溫暖的心，當他覆蓋在大地上，可以保護農作物安全度過冬天，北極熊還可以在雪洞裡冬眠，度過寒冬呢！

雪融的時候，我們就知道春天快要來了，也因為雪融，乾涸的河川開始有了流水，在春天時可以灌溉農地。

只不過，隨著地球的氣候變遷，雪，往往來的不是時候。

想想看

1.如果所有的雪都融化了，地球會變成什麼樣？

2.最近，應該降雪的南北極卻缺雪，不該降雪的地方卻下起暴風雪。是雪變心了，還是地球人缺乏愛心呢？

風城排行榜

自從風之國出現「排行榜」這個名詞之後，山風谷風、海風陸風、西風北風……個個趨之若鶩，狂熱的程度簡直難以形容，大家每天掛在嘴上不斷討論、批評，甚至積極參與，幾乎變成全民運動。

有生意頭腦的風，立刻推出各種跟排行榜有關的活動，並且開設補習班，幫助風哥風姊登上不同排行榜。

排行榜的項目千變萬化，包括：最有魅力的風、最具富豪相的風、最性感的風、最剽悍的風，甚至還有「最讓地球聞風喪膽的風」、「對地球最具威脅的風」……，都成為風之國居民最渴望上榜的目標。

許多風每天起床第一件事，就是收看《風之國快報》，想要知道第一手的排行榜資料。

因為排行榜的活動魅力四射，把隱居山谷的風、退居海上的風、雲深不知處的風……，全都吸引出來，他們一致認為這是名垂風史的大好機會，希望風消雲散的時候，還可以活在大家的記憶裡。

年輕的風，也受到感染，寫作文「我的志願」時，不再寫「像爸爸一樣偉大」、「當風之國國王」、「當風之國大學的老師」……，而是「立志摧毀地球」、「要讓地球苦苦求饒」，或是，「成為統領地球的主宰」。

小呼跟好朋友小薇卻不這麼想。

小呼抬起頭看著空中飄蕩的排行榜風鈴說，「我真的搞不懂耶，以前大家都很討厭迂迴颱，說他的個性捉摸不定，去了又回、反覆惡搞，造成那麼大的風災，認為他丟了風國的臉，現在卻把他當作英雄。」

小薇點點頭，「我媽媽也這麼說，她年輕時都流行『春風吻上我的臉』、『我是你心口的風』……，現在卻流行『狂風擊打我的臉』、『大俠龍捲風』，這個世界變得好可怕。」

「那你不要忘了我們的約定，我要用柔柔的風，吹進地球人的窗戶，讓他們知道，春天來了。」

小薇則說，「我要輕輕拂過原野，把種子散播各處，讓許多美麗的花草可以到處旅行，讓地球變得更美麗。」

小呼想像著自己和小薇在草原上翻滾，在海面上單腳獨立，覺得這才是最快樂的任務。

所以，他們不但自己快樂，還結合許多鄰居、朋友，每天努力練習，一起朝著他們的目標邁進，絕不盲目跟隨流行。

這天，小呼在約好的地方等待小薇練習吹風時，小薇卻缺席了，直等到太陽快下山，依然不見小薇蹤影，這是很少見的現象。小呼沒有心情繼續練習，急忙趕去她家，只見小薇躺在山谷裡，不停哀哀叫著，好像十分痛苦。

「你怎麼了？」小呼焦急的問。

小薇勉強撐起身體，但是她太虛弱了，又倒了下去，「我爸爸說，地球正在流行傳染病，他們不小心把傳染病也帶回來，所以，許多風都生病了。你趕快走吧！不要被我傳染了。」

小呼只好默默的走出小薇家，每天為小薇祈禱，希望小薇一家可以康復。同時，他也努力練習，盼望小薇見到他的練習成果，刮目相看之餘，心情也變好了。

等啊等的，沒想到卻傳來噩耗，小薇的父親禁不起病毒侵襲，一病不起。

小呼急著要安慰小薇，可是，小薇卻關起她的家門，怎麼也不肯理他。為了讓小呼死心，小薇請哥哥告訴他，「小薇準備上補習班，她要參加『聞風喪膽排行榜』，爭取機會，為我爸爸報仇。」

「啊？」小呼張大嘴巴，長長吐出一口氣，小薇怎麼變了？記得他們一起練習吹風時，小薇不小心把樹上的鳥巢吹落，毛未長全的雛鳥跌落出來，她哭了好久。

仇恨真的會讓一個人改變嗎？小呼找不到答案，只能默默的練習，卻覺得分外孤單。幸好，還有朋友陪著他，讓他稍感安慰。

漸漸的，身旁的朋友愈來愈少，有的風說，「你不要做一個軟塌塌的風，這樣大家都會瞧不起你。」

有的風說，「小呼啊！你既然是小薇的好朋友，就應該幫她一起完成復仇的心願。」

甚至還有風嘲笑他，「你不要白費力氣了，你將來一定找不到工作的。」

大家抵不過流行的魔力，紛紛改變心志，渴望做暴風、颶風、龍捲風。

可是，小呼牢牢記得老師說過的話，「你們要懂得在不同的時候，吹出大小不同的風。別以為吹出颶風比較困難，事實上，真正有實力的風，是懂得駕馭自己的能力，吹出最柔和的風。」

隨著地球上的冰山融解，海水表面溫度慢慢提高，吸收氣流之後，風力逐漸加大，因此，風之國排行榜的立牌也愈來愈大，風鈴愈掛愈多。尤其是最受風國矚目的「聞風喪膽排行榜」。

排行榜上面詳細列出每個風攻擊地球的戰績，包括：死傷多少生命、倒塌多少房屋、吹垮多少橋梁，沉沒多少船隻……。

排行榜上的狂風英雄，走到哪裡，都有風迷追逐著要簽名，有些名氣響亮的，甚至紅到雨國、雲國，連太陽國都甘拜下風。

想當初「北風與太陽」之戰，想要讓地球人脫下衣服，太陽拔得頭籌，北風大輸，一直無法扳回一城，這下子逮到機會讓地球人聞風喪膽，總算可以揚眉吐氣了。

為了破紀錄，狂風找太陽合作，吹起焚風。暴風找雨合作，變成暴風雨。龍捲風想要超越颶風，甚至展開跨世紀合作，三、四個龍捲風聯手出擊。所有的風都瘋了。

小呼卻不願意陷入「風」狂行列，默默收拾行囊，準備完成他從小的願望。臨走前，他到小薇家跟她道別，小薇卻別過頭去，鑽到山谷深處，看都不看他一眼。

小呼輕聲說，「別了，我的朋友，我要去實現我的夢想，希望你也不要忘了你的夢想。」

小呼飛啊飛的來到草原，他嚇了一跳，許久不見，草原乾枯了，即使有些植物開了花，因為沒有風傳送花粉，無法結果，於是，植物愈來愈少，終至一棵棵死去。

小呼難過得掉下眼淚，努力的在山谷、原野之間尋找還開著的花，輕輕的吹出風來。這時，他聽到一個女孩開心的歌聲，「花開了，鳥唱了，蜜蜂傳花粉了。」

小呼好高興，自己果然帶給地球人小小的快樂。他就這樣不停的翻山越嶺，尋找著花，尋找著需要微風吹拂的地球人。

當他吹累了，只好躺在草原上，大聲喘著氣。他頭頂的雲層好厚好厚，快要下雨了，他必須找個山谷躲起來。

可是，他工作得太辛苦了，根本沒有力氣離開，只能眼睜睜望著大雨傾倒在身上。他渾身無力，病得奄奄一息時，卻聽到熟悉的歌聲，勉強睜開眼，竟然是小薇的笑臉，她開心的抱著他，「你醒過來了，你終於醒過來了，我好擔心。」

「你怎麼會來了？」小呼軟軟的問。

小微笑著說，「因為我去補習班的時候，聽著那些吹倒橋梁、吹垮房屋的課，我一點也不快樂。我想到你說的話，想到我們的理想，於是，我決定來找你……」

「我們都決定來找你！」小薇身後冒出一堆風朋友，訴說著小呼熟悉的風言風語，好不熱鬧。

風兒愛地球

風兒有最佳的隱形術，他來無影去無蹤，頂多是從風聲或樹葉晃動中感覺到他的存在。他愛地球人的方式，就是藉著風的吹送，讓種子散播、帆船行駛、風車轉動，甚至還可以產生電力呢！

除此之外，沒有冷氣機的貧窮地區，就要靠著風的吹送，帶來些許涼意。

風的家鄉也各有不同，有的住海上，有的住陸地上，有的住在山谷裡，只要他脾氣好的時候，微風送爽；一旦發飆，不管是颱風、龍捲風，都可能讓地球人家破人亡。

想想看

1.為什麼現在的龍捲風往往是一個接一個的集體出動？

2.我們要怎樣跟風兒和平相處？

天天震動的國

地球的外殼，有許多的板塊，這些板塊經常擠來推去，使得地球變得很不平靜，尤其是最近，無論是地面或海底，都會莫名其妙的突起或是陷下去幾個大洞，讓地球人惶惶不安。

原來，這都是地震國的國民造成的。

地震國的國民，分住在不同的板塊下面，為了比賽誰的噸位重、誰的吹氣長，他們整天吵鬧不休，甚至為了比賽誰的板塊比較優秀，還不斷挑釁對方。尤其是歐亞板塊和太平洋板塊吵得最凶。

板塊部部長為了這個緣故，不斷跟國王請命，「我們偉大英明的國王啊！求求你想出對策，讓不同板塊的居民，學習安居樂業，不要仇恨這麼深，報復來報復去的，再這樣下去，我只好請辭了。」

國王搖頭大笑，「這種小事情也值得你傷腦筋，隨便他們去鬧吧！他們不這樣常常鬧點小脾氣，累積起來一次大爆發，不更可怕。」

一旁的火山局局長也附和說，「你難道忘了冰島的火山爆發，讓地球的空中交通一片混亂，我們被罵得多慘？」

「是啊！」地震局的局長也說，「上次因為取消板塊之間的擂台比賽，群情激憤，一觸即發，結果造成四川的大地震，地球人的死亡人數全部記在我們帳上。所以啊！有些小地震，意思一下就好了。」

「可是，」年輕氣盛的海嘯局局長說，「地震國如果不能製造破紀錄的大地震，怎麼好意思叫地震國？」

國王揮揮手，「那是我應該煩惱的事，你們就不要爭執了，我累了，我想休息了。」

體重超重的國王很辛苦的走回寢宮，每走一步，地就輕輕晃動一下，花了很長時間，他才很辛苦的把自己巨大的身軀放在床上，大大喘了氣，忍不住流下眼淚，暗自想著，為什麼沒有人了解他？為了維持地震國的威名，他甚至犧牲自己的婚姻，全心全力治理國家。

確實如此，地震國的

國王為了走路有風，到哪裡都受到愛戴與尊敬，他必須保持全國最重的體重，才可以在走動之間，引起地殼的震動。

他多麼害怕自己的體重變輕，自己的王位也會不保。

他早就聽說，全地震國國民都在努力增肥，只要流行任何增肥祕方，個個趨之若鶩，爭相服用，

深怕輸給別人。在他們的心目中，體重代表一切，惟有體重夠重，才有機會擔任政府部門的要職，甚至被推選為國王。

所以，地震國各部會的部長、局長，也是一個比一個胖，尤其是海嘯局局長，噸位和智慧都是後起之秀，對國王來說，最具威脅力，他手底下的「晃動三震客」更不是省油的燈。

大震客搖搖的體重不斷增加中，他的推擠功夫更是一流，在板塊之間的全國性比賽中，經常獨占鰲頭。

二震客真真雖然體重不重，可是他的肺活量驚人，可以吹出很長很長的氣，讓海水沸騰、火山噴出岩漿。

三震客晃晃則是足智多謀，任何疑難雜症，到他那兒都可以迎刃而解。

當「晃動三震客」發現海嘯局局長開完會回來，愁眉不展，關心的問他，「頭兒，什麼事讓你煩惱了？」

局長搖搖頭，嘆了一口氣，「不曉得國王怎麼變得這麼膽小怕事？叫我們只要製造小地震意思意思一下。我擔心他是不是體重太重，所以腦袋也塞滿了油脂？」

「應該不可能，如果他這樣沒有智慧，大家也不會選他當國王。」三震客發表他們一致的看法。

「希望如此，好吧！你們可以下班回家了，照這樣看來，應該也不會有什麼緊急狀況要處理。」海嘯局局長站起身準備下班。

剛剛走出辦公大樓，海嘯局局長就接到緊急命令，要他和「晃動三震客」立刻趕到王宮去。

原來是國王突然生病了，他躺在床上不停喊著，「我沒辦法呼吸，我沒辦法呼吸。」他的肺已經被他過多的油脂壓扁了。

所有的部長、局長都束手無策，三震客晃晃說，「我們要想辦法讓國王側過身體，他才可以呼吸。」

大家一起使勁搬動國王，卻發現病倒的國王變得更沉更重，他們抬了半天，國王卻動彈不得。

大震客搖搖說，「我們把國王跟床綁在一起，然後用拖吊車將國王送去醫院。」

國王被緊緊的綁妥了，可是拖吊車拉不動國王，整條鋼索都斷了。板塊部長只好發出宇宙祕密書信，請「晃動三震客」緊急送到鄰近的國家求援。

風之國派來風力最強的大將軍，他拍胸脯保證，「只要我出馬，絕對沒問題。」可是，吹了半天，所有人都東倒西歪，國王卻紋風不動。大將軍只好垂頭喪氣的走了。

白雲王國則是由滾滾出馬，他帶來自己的最新設計，彈性特佳、支撐力最強

的萬寶雲，想要托起國王的身軀，可是，萬寶雲碎成片片，國王仍然躺在原來的位置。

月亮國的彎月勇士也在「晃動三震客」的力邀之下，特地趕來，使出他最厲害的彎勾，想要勾起國王，卻幾乎閃了彎月勇士的腰，他嘆了口氣說，「你們的國王要減肥了。」

減肥？這時候怎麼來得及，國王已經愈來愈虛弱了。

當國王聽到「減肥」這兩個字，更是急得大叫，「我寧願死也不要減肥。」他多麼害怕他減輕體重的那一天，也失去了他的王位。

三震客晃晃說，「既然沒辦法送國王去醫院，我們可以把醫院的設備和醫生帶到王宮來啊！」

大家這才恍然大悟，「啊啊啊！我們怎麼忙昏了頭，忘了這麼簡單的事。」

最後，不管國王如何反對，醫生群決定為他開刀，切除過多的脂肪和肥肉，國王唉叫了一聲，昏了過去。

當國王醒過來時，只見到四周一片黑暗，難道趁著他動手術，他的王位已經被搶走了嗎？他現在正被囚禁在監牢裡？

「來人啊！」國王害怕的叫著，負責守護的大震客搖搖立刻靠近國王身邊，「國王，你醒了啊？」

「你們叫我什麼？我還是你們的國王？」

「是啊！你永遠是我們的國王。」二震客真真幫國王解除了眼罩，國王清楚看見自己正躺在皇宮的書房裡，他動動手，竟然隨意就可以抬起來，他又動動腳，他的腳竟然可以轉動。

他翻身坐起，竟然變得輕鬆自如，下床練習走路，他好像乘著風駕著雲，可以飛起來了。他的體重幾乎少了一半，他快要認不出自己了。

「他們沒有因為我變瘦了，就不讓我做國王？」國王不敢置信的再問。

「是的，國王，」三震客晃晃畢恭畢敬的回答他，「我們擁戴你做我們的國王，是因為你很有愛心，跟你的體重沒有關係。」

「是這樣啊？」國王真的覺得很意外，「快！快！快幫我去請板塊部長來。」國王要趁著他還是國王，頒布一條法令。

地震國王的法令在各大板塊四處張貼著，那就是即刻起，全國實施「減肥運動」，年底並將舉行「減肥高手」比賽。

搖搖聽了大驚失色，「我這麼努力的增肥，豈不是前功盡棄？」

晃晃意味深長的說，「你雖然失去體重，卻得到了愛情啊！真真早就希望你減肥了。」

最高興的還是板塊部部長，這麼一來，地震國將會太平很長的一段時間了。

地震愛地球

地震愛地球？你會不會覺得自己看錯了？

要知道，地球表面是由七大板塊組成，板塊之間不斷推擠碰撞，釋放出能量，就是所謂的地震。其實，地球表面一直都在不停的變動，只是因為變動小，我們感覺不出來。

若不是歐亞板塊和菲律賓板塊的碰撞，也不會造成台灣從海洋之中隆起。所以，沒有地震，就沒有台灣。

地震是有點小脾氣的，只要讓他把脾氣發出來，小小地震一下，就不會有太大災害。萬一像921地震那麼巨大，就一發不可收拾了。

想想看

1.我們距離香港很近，為什麼台灣的地震比香港多？

2.地球上的什麼地方沒有地震？

小星星愛做夢

小星星誕生的時候，爸媽就希望他能做一顆超亮的星星，所以給他取了名字——亮晶晶。

亮晶晶最喜歡問爸爸的問題是，「全宇宙的星星到底有多少？」

爸爸總是回答，「太多了，像海沙一樣多，數也數不清。」

亮晶晶接著就會問媽媽，「海沙有多少？」

媽媽喜歡歪著頭，好像正在認真思考，然後說，「海沙就像星星一樣多。」

這樣的答案，雖然無法讓亮晶晶感到滿意，可是，他至少明白一件事，天上的星星非常多，所以，像他這麼渺小的星星，不容易注意到他的存在。

然而，亮晶晶不是會輕易放棄的星星，因為老星星曾經告訴他，「千萬不要小看自己，即使是一顆很細小的星星，也有他偉大的地方。因為，地球上的人最喜歡對著星星許願，每顆星星，就代表一個希望。」

所以，他不在乎自己會發出藍光、紅光或是黃光，只要他的光芒被發現，才能成為地球人的希望。

星光學校最資深的老師看了他的作文，知道他的心願，特別提供他思考的方向，「你要擁有自己的故事，例如織女星，她和牛郎之間的愛情故事，地球人百聽不厭。」

可是，他的年紀這麼小，他會有什麼故事呢？

高他好幾屆的學長建議他，「星星國都會有一陣子流浪潮，一顆顆的星星紛紛隕落地球，你只要有本事穿過大氣層，就可以登上地球的頭條新聞。」

亮晶晶不想隨波逐流，因為爸爸提醒過他，不要盲目跟隨流行。

當他有機會參加學校的校外教學，在宇宙美術展覽館中，面對星星國的藝術大師，亮晶晶勇敢的舉起手發問，「請問大師，我要怎麼樣才能與眾不同？」

「想要靠自己的力量是不可能的，現在講求團隊合作，你應該像北斗七星或是獵戶星座，結合許多的星星一起發光。別忘了，團結就是力量。」

亮晶晶被搞迷糊了，團隊合作？為什麼這位藝術大師卻獨自完成星星織錦圖呢？

他家路口專門修補星星殘缺的伯伯，看過許多星起星落，他說的話應該可以參考吧！沒想到，他卻對亮晶晶說，「你要耐心等待，等待地球人用天文望遠鏡發現你。」

可是，如此一來，他就可能被迫改名字，好像哈雷彗星，要跟發現他的人同名。

她想做一顆獨一無二的星星。

即使無法像伯利恆之星指引東方三博士找到剛剛誕生的耶穌，至少也要在沙漠的天空，成為迷航人的星星。

就在亮晶晶為著無法實現自己的夢想而煩惱不已時，地球上某個微不足道的小鎮，正在醞釀著影響他一生的事情。

許多年來，這個小鎮的年輕人不斷離鄉背井，到外面找工作，人口嚴重流失，小鎮快要變成一座廢城。

於是，他們集思廣益，想要讓小鎮起死回生。

討論許久，他們終於達成共識，那就是，在聖誕節這一天，布置一棵全世界最高最漂亮的聖誕樹，這樣，就會有人自動報導，讓小鎮舉世聞名。

為了完成這件大事，鎮上的居民傾囊而出，把家中珍藏的珠寶首飾、珍珠瑪瑙，全都掛在樹上。

這棵聖誕樹愈來愈漂亮，即使入夜，天空一片黑暗，它依然閃亮不已。

可是，大家左看右看，聖誕樹好像少了什麼？

路旁經過的小朋友指著樹頂說，「上面應該有一個小天使。」年高德劭的老伯伯卻說，「我看啊！應該有一顆星，一顆閃亮的星，照亮我們這個小鎮。」

大家用盡各種方法設計，以不同素材製作星星，但是擱上樹頂，怎麼看都不對勁。

亮晶晶在天上觀察許久，知道這是他大顯身手的好機會，只要縱身一跳，就可以完成小鎮居民以及他的夢想。

當他正要擺出最美的姿態，一躍而下，亮晶晶的眼角餘光卻瞄見小鎮偏僻的山腳下，破舊的小屋裡，住著一對母子，媽媽因為生病很久，身體極度虛弱，隨著冬天降臨，她的臉色愈來愈黯淡。

小男孩熬了粥，端到媽媽面前，媽媽搖搖頭說，她沒有胃口。

小男孩眼看著聖誕節快到了，心裡悄悄想著：「我要布置一棵聖誕樹，就像爸爸在世時一樣，這樣，媽媽的心情就會變好了。」

可是，他沒有錢買樹，只好到森林裡撿拾被雷擊倒的小樹幹，用細枝條和一片片的落葉黏貼成一棵樹。

然後，他翻箱倒櫃，找出小襪子、小手套、舊卡片、媽媽的耳環、爸爸的照片……，逐一掛在樹上。

夜裡，這一棵渺小粗糙的聖誕樹在沒有燈的小屋裡顯得好黯淡，小男孩跪在窗前禱告，「上帝啊！請你告訴我，我要到哪裡尋找一盞小燈，可以掛在樹上？」

亮晶晶的眼淚忍不住流下來，一滴滴落在小樹上，閃閃發光。

小男孩歡呼著，「媽媽，媽媽，你快來看，聖誕樹開始亮了。」

就在此時，小鎮鐘樓的古鐘，指向十二點，「噹！噹！噹！」聖誕節快要降臨了，「噹！噹！噹！」……

亮晶晶必須在鐘響十二下之前，盡快選擇他實現夢想的地點。

於是，他輕輕一跳，落在小男孩的聖誕樹上，亮晶晶那粉紅色的光芒映照在媽媽的臉上，她的病容消失了，整個屋子都亮起來了，鎮上最高最華麗的聖誕樹也比不上這棵小而不起眼的聖誕樹的光芒。

聖誕節這一天，整個地球都在報導這個偏遠小鎮的奇異小屋，透出的光亮如此的祥和寧靜，每個人看到之後，憂愁的心情變快樂了、緊皺的眉頭舒展了，沒有笑聲的家庭重新有了歡笑，它的光芒彷彿可以照射到很遠很遠，照進每個人的心裡。

亮晶晶的夢想終於成真，他綻放出生命中最亮最有價值的光芒。

星星愛地球

小星星，亮晶晶，只有夜晚看得到，那是因為白天的太陽光太強，所以遮住星星的光芒。

有些星星喜歡集體行動，組成恆星集團，因為團結光芒大，很容易被注意到。可是，有些星星很孤僻，不喜歡跟其他星星打交道，因為他覺得自己就很亮了，或是，他比較謙卑，不喜歡受注目。

我們幫星星取名字，是為了方便觀察星星，也因為如此，有了星星引導，走在沙漠裡，也不會迷路。當初，三博士就是靠著東方之星的引導，找到誕生在馬槽裡的耶穌。

想想看

1.星星會不斷出生或死亡嗎？

2.我們可以幫星星取名字嗎？

小河的醋勁大發

潺潺原來是一條小溪，住在人煙稀少的鄉間，但是，他不甘於這樣平凡過一生，希望有朝一日變成水量充沛、舉世聞名的大河。

每年生日，他就這樣大聲許願。

溪邊的柳樹提醒他，「潺潺，不要做夢了，溪水的宿命就是流入河裡、匯入大海，然後失去自己。」

潺潺卻不這麼想，他早就聽說過，沿著河水兩岸的地球人，都是倚靠河水過活，他們根本少不了河。地球上的許多大城市，例如巴黎有塞納河、倫敦有泰晤士河、開羅有尼羅河、台北有淡水河……，就是因為河，發展成繁華熱鬧的城市。

所以，潺潺希望藉著各種機會，強壯自己的身體，擴大自己的肚量，集滿所有經過他身邊的溪水、雨水、雪水，再送往下游，讓水庫依賴他，讓發電廠少不了他。如此一來，地球人就會永遠的愛他。

可是，雨水愈來愈少，潺潺變苗條了，供電的能力銳減。更慘的是，河床乾涸，河岸長滿野草，沒人到河邊釣魚或散步，地球人完全拋棄他了。

潺潺傷心欲絕時，突然豪雨降下，而且沒有停歇的意思。他高興不了多久，發現他的肚子裡除了水，還有泥沙以及上游沖倒的樹木、石頭，讓他消化不良，只好大聲向雨水求饒。

就在他的肚子快要脹破之際，豪雨終於停了，放眼望去，滿目瘡痍，到底地球出了什麼事，他快要被瞬息萬變的天氣弄瘋了。但是，有水總比沒水好，潺潺期待著湧入水庫，好好表現一番。

經過他身邊歇息的鴿子嘲笑他，「潺潺，現在不流行水力發電了，你已經落伍了。你不相信，你問風，風到處旅行，見多識廣。」

軟風小呼這時緩緩吹過，不由停下腳步，跟潺潺說，「唉！因為地球人事事求快，又喜歡過舒服的生活，需要的電量愈來愈大，河水根本供應不了龐大的電力，像煤炭、瓦斯，地球人認為會汙染環境，也都不用來發電了。」

「那你們呢？風力不但乾淨，而且每天都有大大小小的風吹過，可以無限量供應，不是很方便嗎？」

「因為我們太不穩定，愛耍脾氣，龍捲風、颱風整天為了搶做排行榜的老大，鬧得不可開交。地球人覺得我們難以掌控，也放棄我們了，所以，連我們風也被淘汰了。」

「那，還有太陽啊？他們忘了太陽老大了嗎？」潺潺又問。

小呼搖搖頭，「他們嫌太陽能的成本太貴，而且還會受到天氣的限制。」

「可是，地球人總是要發電的啊！那是誰取代了我們？是誰這麼厲害？」潺潺十分好奇。

「核能！他擁有我們沒有的優點，他很愛乾淨，他可以無限量供應，所以地球人好愛好愛他，幫他蓋豪宅，給他最高級的享受。許多國家都紛紛搶著供養核能，對他百依百順，我們的時代已經結束了。」

軟風小呼重重的嘆口氣走了，潺潺愈想愈傷心，他的夢想破碎了，他努力一輩子，竟然是一場空。

他不甘心，他覺得地球人太過分，怎麼可以喜新厭舊？忘了他們過去的功勞。可是，有什麼用呢？天空又不下雨了，沒有水量的他，也就失去跟地球人談判的籌碼。

潺潺益形削瘦，他不知道自己是否還有明天，只能得過且過。由於他許久沒有鍛鍊身體，健康逐漸走下坡，直到軟風小呼再度經過他家。

「潺潺，快振作起來。」

「小呼小呼，你又打聽到什麼消息嗎？」

小呼迫不急待告訴他，「雲國、月亮國都在傳一件怪事，地球人喜歡的核能其實是一頭大怪獸，他只是穿著美麗的外衣，掩飾自己醜陋的真面目，他千方百計混入地球人當中，就是要等待地球人愛上他，對他失去戒心，他就會釋放出一種恐怖的輻射線，誰碰到了，誰就會死，到時候，很可能就是地球人的末日。」

「那多可怕，地球人死了，我們活著做什麼？」

潺潺好怕這一天到來，他決定修改自己的願望，想辦法讓地球人認清核能的居心叵測，他只要能夠揭發核能的陰謀，地球人就會再度愛上他。

可是，地球人正在享用核能送給他們的禮物，彼此的關係正好，怎麼會聽他的話？

河邊的木麻黃聽到潺潺的嘆息，好心提醒他，「你忘了，地球人帶小孩到河邊玩的時候曾經說過，只要讓孩子嗆到一次水，孩子就不敢亂玩水，只要被火燙一次，就不敢玩火。」

對喔！潺潺被點醒了，他只要讓地球人吃到一次核能的苦頭，他們就會相信他的話。

他召聚石頭、大肚魚、蘆葦、螢火蟲們，大家集思廣益，總算想到一個方法，那就是聯合海的力量。

他特別拜託軟風小呼轉達消息，告訴大海，如果大海願意合作，潺潺就聯合其他河水，努力將更多的清澈河水流到海裡去，以免海水水質惡化，海洋生態受到影響。

因為河水水量減少，河海口的泥沙淤積愈來愈嚴重，大海很久沒有喝到乾淨的河水，很爽快的答應了，只有一個附帶條件，他請小呼轉告，「要玩就玩大一點的，不妨找地震合作，這樣，就可以引發海嘯，一鼓作氣把核能的全部豪宅都沖垮掉。」

雖然這有點難度，但潺潺相信，只要他能夠見到地震國國王，憑他的口才，一定可以說服地震聯手出擊。

潺潺等了又等，終於等到機會。

地球各處下起大雨，導致山洪爆發，溪水暴漲，潺潺瞬間胖了幾倍，他吸了又吸，吸飽整個肚皮。然後，翻山越嶺，努力流進水庫，跟其他河流見了面，趁著水庫洩洪，他們順勢到達出海口，見到大海。

大海已經事先邀約地震國的代表——板塊部部長一起開會，板塊部部長聽說有機會擠壓板塊，十分開心，「海嘯局局長一定更高興，他養精蓄銳許久，都沒有機會大顯身手。」

只有潺潺心裡有數，他不要傷害地球人，他只要讓他們知道核能是一頭假冒偽善的大怪獸就好了。

海浪一波又一波往岸邊的核能豪宅衝撞，卻因為力氣太小，被堤防擋住了，傷痕累累的無功而返，甚至遭到核能的數落，「想要跟我鬥，早的呢！地球人幫我造了銅牆鐵壁，誰也奈何不了我！」

這時，海底的板塊不斷擠壓，釋放出極大的能量，引發海底大地震，形成地球有史以來最大的海嘯，將海水推向附近的城市。海邊的堤防禁不起衝撞，垮了，海水不斷湧進城鎮，地球人倉皇逃命，來不及逃跑的人，淹死了，和桌椅等家具一起漂浮在水面上。

潺潺望著一張張失去生命的地球人臉孔，他好害怕，場面怎麼會變成這樣子？他不想傷害地球人啊！

核能躲在堅固的豪宅裡，趾高氣揚的大聲咆嘯，「我們才不怕你們呢！來啊！地震、火災，我都不怕。」

萬萬沒有想到，海嘯的威力如此驚人，他們衝向核能的豪宅後，引起接二連三的爆炸，緊接著，就是火災。豪宅的牆壁有了裂縫，釋放出一種奇怪的輻射線，任何地球人靠近他，就會皮膚潰爛，倒地不起。住在豪宅裡陪伴核能的地球人，這時才發現情況不對，少數不怕死的人留下來搶救，其他的紛紛逃跑。

地球人這時才明白核能會帶來各種禍害，彼此交相指責，想要把核能送走，可是，請核容易送核難，只能眼睜睜看著核能耀武揚威，繼續傷害地球人。

潺潺眼見自己闖下大禍，求海住手，求地震不要再震了。可是，已經來不及了，災害已經造成，不但地球人生病，流離失所、無家可歸，連潺潺這些河流的水也被輻射線汙染，沒有人敢靠近河流。海裡的生物，也染上怪病，一個個變了形狀。只有地震國是最大的贏家。

地球人開始研擬對策，在核能的豪宅外，加上更嚴密的防護，造成不見天日的死牢，將核能永遠的監禁在裡面。

潺潺又回到他的家鄉，做一條靜默的河，期待他的河水恢復往昔的甘甜美好。他不曉得要花多少時間，但是，他卻明白，有時候平凡也是一種福氣。

河水愛地球

河水愛地球的程度可以說是盡心竭力，他想盡辦法收集地上水、地下水、雨水或冰川融化的水，全部匯聚到河裡，然後供應地球人以及其他的生物需要。

地球上有許多河，有些像尼羅河那麼長，長到成為世界第一，有些像亞馬遜河域那麼廣，成為世界面積最大，即使是十分細小的溪流，都是地球人的好朋友。

想想看

1.最近，許多河流氾濫成災，奪去地球人的生命財產，為什麼河流變心了，他們不再愛地球了嗎？

2.如果地球上沒有河，會發生什麼情況？

海上開了許多花

地球人都住在陸地上，可是，海洋卻占了地球的四分之三，所以，地球人想盡辦法想要了解海洋、征服海洋，幾千年過去，卻始終無法猜透海洋，甚至在海上失去生命。

深海的海底國，更是充滿神祕色彩。尤其是熱帶珊瑚礁的物種非常豐富，許多動植物都是地球人沒有見過的。

除了魚蝦貝類，海底國還有一群群尚未發育成熟的小海浪，等待長大的時候，可以到海面上四處遊歷。

從小他們聽過爺爺奶奶訴說許多關於海的故事，例如海上戰爭、船難、海嘯淹沒城市、海浪擊垮岩岸、陸升海沉、酷愛旅行的洋流……，每個小海浪都聽得入神，幻想著自己會長成哪一種大海浪，發揮或剛或柔的力量。

波波和呼呼是小海浪中比較談得來的好朋友，他們的夢想也比較接近，當西西跟他們說：「我很嚮往到海溝探險，那麼深的地方，一定有很多怪物。」

「怪物？好可怕喔！聽說他們因為見不到陽光，都是透明的，眼睛也變得好大好大，跟我們的左鄰右舍長得很不一樣呢！」呼呼對海溝可是敬若鬼神。

「對啊！我跟呼呼要去海上看大船小船，聽說人魚公主就是看到船上的王子，所以愛上他的，甘願把自己的尾巴變成腳，真是浪漫喔。」波波也說出自己的夢想。

「唉！海浪就是海浪，要做適合海浪的事情，你沒聽說過嗎？人魚公主的下場多麼淒慘，公主沒做成，也回不到人魚的世界。」西西搖搖頭，「你們這些自以為浪漫的海浪，等著夢幻破滅吧！」

波波喜歡看船是有原因的，他曾經游到沉沒海底的船隻裡探險，那是他童年

最愛嬉戲的地方。一個房間漂過一個房間，一個走道漂過一個走道，一艘船漂過一艘船，充滿新奇好玩的東西，彷彿在許多夢境中穿梭。

呼呼膽子小，多半是守在沉船的外面，不敢進去。

波波問他為什麼不進去，呼呼總是說，「裡面陰森森的，好可怕，我還是等長大以後欣賞陽光下那些神氣的船隻。」

雖然如此，波波結束沉船的探險後，都不忘記替呼呼帶一個好玩的東西，例如一個球、一頂帽子或是一個花瓶，呼呼就會高興好久好久。

學校裡的資深教師告訴他們，那些沉船載運著許多武器和軍人，準備參加一場戰役，「那真是一段恐怖的記憶，已經深夜，太陽隱沒了，天上只有微弱的星光，我躲在海面下張望，看到夜空裡不斷閃亮的火光，還有嘈雜的人聲叫喊著，最後就是好大的爆炸聲，我全身都被震痛了。那些船一艘艘破了、碎了，所有的人聲漸漸變成海面的泡沫。我做惡夢就做了好幾個月。」

所以，剛開始，波波以為沉船裡面還有地球人，只要他仔細尋找，說不定可以救出倖存的地球人。

資深教師告訴他，「即使有地球人，經過這麼長久的時間，也都腐爛了，被其他魚類吃光了。海底畢竟不適合地球人居住。」

幸好，這些年的戰爭少了許多，海上來往的大都是商船或客輪，又因為天氣炎熱，地球的溫度上升許多，各國的海灘活動增多，海邊更是擠滿弄潮戲水的人們。

這麼一來，浪花的需求量大增。

這就是波波他們等待許久的機會，他和呼呼可以跟著學長們一起遨遊海洋世界，用他們的海浪，翻滾出美麗的浪花，作為他們畢業前的實習旅程。

波波邊游邊興奮的說，「你看，海面多漂亮啊！西西真傻，堅持要去大海溝。我決定要到礁石群當中，讓我澎湃的浪花激勵人們努力向上，跌倒後繼續爬起來。」

呼呼卻不以為然，「我聽說現在不流行浪花激勵人心這種事，地球人喜歡溫柔的浪花，好像海上開了許多的花。」

「沒關係，沒關係，我只要可以看到大海、看到大船，我就滿足了。」波波翻了又滾，讓自己一會兒波平如鏡，一會兒高潮迭起，驗證自己多年來的努力與學習，是多麼傲人的成績。

於是，波波和呼呼追逐著遊艇快速前進，陪伴著渡輪，觀看夕陽緩緩落入地平線，欣賞帆船隨風擺盪，聽著輪船雄壯的汽笛聲。

他們的畢業旅行每天都豐富有趣，經歷過的地方更是超過他們的想像。

小太陽紅紅跟波波說，「我好羨慕你的海上生活，真想跳進海裡跟你嬉戲一會兒。」

朵朵雲告訴呼呼，「從天空望下去，你們翻滾時，在藍藍海上冒出一朵朵滾了白邊的花，比我編織的雲還有創意呢！」

小海浪覺得他們是海底國最幸福、最快樂的一群，幾乎都不想回家了。可是，再美麗的行程還是有結束的一天。

當他們啟程要回家時，正是颱風最猖獗的時節，當地球人聽到颱風警報，紛紛離開海邊。不久後，狂風開始吹襲海面，來不及靠岸的輪船晃得十分厲害，船上的人一邊嘔吐，一邊大罵海浪，「你們幹麼亂晃啊！安靜一點好不好？」

波波覺得好納悶，「地球人不是很歡迎我們嗎？是他們拜託我們來的啊！為什麼要罵我們？」

他來不及傷心，海上突然出現一大片的濃霧，面積愈來愈大，漸漸籠罩眼前這艘輪船，他們的視線變模糊了，學長們立刻提出警告，「波波、呼呼，趕快加快速度回家吧，有事情要發生了，再慢一點，你們就脫逃不了了。快啊！快點游啊！」

波波正要沉到海底躲避狂風，卻聽到極大的碰撞聲，嚇得他的心都要碎了。原來是因為視線不佳，另一艘載運油品的油輪，撞上這艘客輪，導致油槽破裂，黑色的油不斷溢出來，頓時把海面汙染得一片漆黑。

波波嚇壞了，大聲叫喚呼呼，「我們快點走，老師說過，這是海浪的頭號殺手，只要遇上了，我們只有死路一條。」

可是，畢竟他們的經驗不足、體力也差，不管怎麼划動，卻像被無邊無際的海草緊緊纏住，無法掙脫。

天空傳來海鳥的慘叫，因為牠們美麗的的翅膀沾了油，再也飛不動，直直墜入海水裡，停止心跳；來不及逃走的大魚小魚，一隻隻染黑後浮出水面。

眨眼間，深藍的美麗海，卻彷彿黑色的煉獄……。

呼呼的身體也愈來愈沉重，他再也翻滾不出白色的浪花，黑色的油汙，重重的壓著他的身軀。

不管往哪一個方向泅泳，波波、呼呼都已經無路可逃，他們緊緊靠在一起，緩緩閉上眼睛，準備接受即將到來的死亡。

就在這時，他們恍惚聽到西西的聲音，「你們快跟我來，我們一起躲到海溝裡，就可以逃過一劫。」

波波、呼呼好像被一股強大的力量一直往下吸，四周一片黑暗，分不清是黑油籠罩，還是海溝太深，所以什麼都看不見。

慢慢的，身體的束縛解開了，西西告訴他們，「你們得救了。」

海溝裡雖然暗無天日，而且充滿奇怪的生物，有些身體還會發光，波波卻不敢抱怨，不停的謝謝西西，「你是我們的救星。」

呼呼也跟他對不起，「真是抱歉，我當初不應該嘲笑你，如果不是你，我們這趟畢業旅行就永遠回不了家。」

西西卻不計較這些，跟他們說，「只希望油汙盡快散去，我們可以平安的回家，爸媽一定很擔心喔。」

海洋愛地球

雖然地球人對海洋一知半解，可是，從史前時代，地球人就倚靠海洋謀生活，甚至只要穿過海洋，就可以來到另一塊陸地。

海洋中的綠藻提供許多氧氣，珊瑚礁的生物比熱帶雨林更精采多樣，海底也有高山低谷，簡直可以說是一個奇幻世界。當風吹過海面，就會興起或大或小的波浪，而浪花則伴隨一波波的海浪而來，增添海洋的美麗。

只不過，氣候暖化、海水酸化、垃圾汙染、過度捕魚……，許多海洋都在生病呢！

想想看

1.有哪一座海洋，你可以看到清澈的海裡，美麗的魚兒正在游來游去？

2.到底誰是謀害海洋的劊子手？

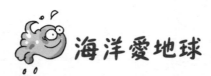

奇幻森林的不速之客

地球的角落，有一座奇幻森林，森林裡生長著各種顏色的樹，這些樹跟太陽、雲朵、月亮、星星都結成好朋友，他們每天運動、深呼吸，吐出很多的氧氣，所以，奇幻森林是全地球含氧量最高的森林。

每棵樹都活過幾十年、幾百年，甚至幾千年。他們不斷的生兒育女，所以，森林的規模逐漸壯大，地球上最高、最粗、最長壽，果實最多最甜美的樹，顏色最豐富的花、洗澡盆一般大的花朵，都是他們創下的紀錄。

除此之外，許多動物也倚賴他們維生，因此，森林充滿著奇珍異獸，包括：奇特圖案的昆蟲、會飛的青蛙、多足怪蜘蛛、短鼻子大象、迷你長頸鹿、鬍鬚豬、長牙鹿、比蝴蝶大的螢火蟲……。

最不受歡迎的當然就是地球人，只要被地球人潛入，地球人就會痛下殺手採集標本、獵捕動物，甚至拍攝各種影片，讓其他的地球人都知道奇幻森林的存在，進而騷擾他們。

為了保持地球上最後一塊淨土，奇幻森林訓練一批守門的防衛隊，負責保護森林的任務，阻止所有陌生生物的侵入。

飛蜥蜴小綠就是守門大隊長，他的身手了得，爬得快、跳得高，還有一雙如同鳥類翅膀的滑翔翼，誰都逃不過他的眼目。

這天晚上，小綠正在巡邏時，抬頭仰望天空，突然發覺月亮的面容好奇怪，失去往昔的歡笑，好像覆蓋著鱷魚皮，他忍不住問住在月亮上的小寒，「小寒，月亮國是不是發生什麼大事？」

小寒嘆口氣說，「是啊！最近好多地球人跑到月球來，帶來許多疾病，害得我們這裡流行奇怪的傳染病。」

「地球人根本不適合住在月球，你上次不是說，登陸月球的地球人都死了，他們幹嘛還要跑去呢？」

「聽說地球最近發生許多災難，所以地球人想躲到月球避難。」

就在這時，小綠又聽到滾滾雲的哭泣，「你又怎麼了？這不是你應該哭泣的時候啊！」小綠關心的問。

滾滾雲吸吸鼻子，「唉！你知道嗎？我們已經無用武之地。因為地球上到處淹水，地球人開始咒詛雨滴，雨滴就怪我們雲朵，我們的編織功夫再棒，也沒有人欣賞，還遭到唾棄，大家都無心上學上課了。」

站在瞭望台上負責用奇幻望遠鏡觀察森林附近動態的大眼猴小天急急呼喚小綠，「你不要聊天了，快上來看。」

小綠立刻飛上瞭望台，從望遠鏡裡竟然看到遠處一陣陣大火，濃煙直冒上天空。

「怎麼回事？」小綠問副隊長小天。

「地球各處的森林都發生大火，他們產生的濃煙遮蔽雲朵，灰燼則逐漸飄向我們的森林。」

「為什麼沒有人滅火？這樣燒下去還得了。」

「我聽紅烏鴉說，因為乾旱，很多地方沒有下雨，所以引發森林大火。」

「這怎麼可能？滾滾雲才告訴我，地球上到處淹水，真是奇怪的天氣。不管什麼原因，我們都要提高警覺，更小心謹慎，以免地球人趁亂闖進我們森林。你繼續觀察，我要去報告總隊長。」

總隊長卻安慰小綠，「你不要擔心，這種事情我們看多了，我們只要關起門，誰都闖不進來的。」

可是，小綠值班時，卻聽到愈來愈多的壞消息，他的心情愈來愈沉重，隱約覺得，地球正面臨極大的災難，說不定很快就會波及他們。

過不久，奇幻森林的大門口突然來了一群不速之客，狼狽不堪的樹鼠喘著氣說，「沒了，所有的樹都沒了，我沒有地方可以住了，我又餓又累，請你們收容我。」

跟在樹鼠身後的小樹苗也說，「是啊是啊！我家只剩下我，我一路跟著樹鼠漂過來，我一定要活下去，給我一小塊地就夠了。」

蜜蜂群也飛來了，他們希望可以到奇幻森林採蜜，因為其他森林沒有花，「我們再不採蜜，讓女王蜂生育兒女，蜜蜂國就要滅亡了。」

這些落難的動植物幾乎都是傷痕累累，每個故事都讓小綠眼睛潮溼，可是，小綠卻提醒自己，他不能動搖，森林以外的事情跟他無關，他要保護奇幻森林。他曾經因為管閒事，救活一隻受傷的狐狸，自己差點死於非命。

沒想到，一波又一波的地球難民來到奇幻森林，除了動植物，還有地球人。有些受不了長途跋涉，死在門外，哭聲和哀求聲響徹雲霄。小綠開始有一絲絲的動搖，耳邊卻響起總隊長的精神訓話，「地球人是咎由自取，誰要他們不斷破壞地球。不要忘了你們的職責，奇幻森林的存亡，就在你們的一念之間。」

「可是，那些動物、植物沒有錯啊！他們也要一起死去嗎？」小綠問小天。

這時，氣喘吁吁的彩色烏龜出現了，他問小綠，「你還認得我嗎？」

「你是……」小綠揉揉眼，彩色烏龜是奇幻森林的少數族群，某個晚上集體出走後，再也沒有回來。

「你忘了，你被狐狸咬得體無完膚時，我帶你回家醫治。現在，我的家人都死了，我可能也不保了，我死了沒關係，可是，請你救救這些可憐的朋友。地球的存亡，就在你的一念之間。地球沒了，你們也不可能苟活。」

小綠走出大門，抱著彩色烏龜，流下眼淚，彩色烏龜勉強使出全力說，「求求你，收容他們吧！」然後

閉上眼睛，死在小綠的懷裡。

小綠抬起頭望著門外一雙雙求助的眼睛，即使他被總隊長開除，他也甘願。他正要下令開門時，防衛隊員很有默契的主動打開奇幻森林的每一道門，受難者潮水般湧進，奇幻森林裡緊急成立許多收容所照顧他們。

這麼一來，奇幻森林的空氣混濁了，生活品質下降了，也有動植物陸續生病，奇幻森林的大老們開始提出抗議，「再這樣下去，很可能我們這座最後的森林也無法倖免於難。如果連我們都死了，地球也就死了。」

因為大老們的抗議聲愈來愈大，防衛部長也無法保護小綠，小綠和小天一起被除掉大隊長和副隊長的頭銜。

小綠悶悶不樂的躲在樹叢裡，不曉得自己是否做錯了？如果奇幻森林也毀了，他等於就是兇手。他翻來覆去始終睡不著覺，他的鄰居彩色鳥問他，「你又失眠了？」

「我真的不懂，救了森林外的朋友，我卻失去森林裡的朋友。」

彩色鳥安慰他，「你能夠活到今天，很可能就是為了幫助這些人。如果我們不伸出援手，總有一天，洪水會衝過來，病蟲害也會過來，大火也會延燒過來，逃得了一時，逃不了一輩子。我們不能這麼自私，所以，明天天亮，我準備跟樹鼠出發到他們的森林去。」

「你要去做什麼？那裡已經一片焦黑。」小綠嚇得跳起來。

「我想帶著種子去那座燒毀的森林撒種，希望他們可以發出嫩芽。而且，軟風小呼也會幫助我完成任務。」

過兩天，大眼猴小天也來跟他告別，「與其待在這裡無用武之地，我還不如跟著無尾猴、紅毛猩猩、長毛鹿前往遭到水患的森林幫忙搬運救難物資。」

「你從小住在奇幻森林，你沒有吃過一點苦……」小綠提醒他。

「我不怕，因為長毛鹿告訴我，我也是地球的一份子。」小天晃晃尾巴，快速的消失在森林之外。

小綠趴在樹幹上，望著森林外的彩虹，那麼的美麗，許多獲得醫治的地球人、動物植物，一一離開奇幻森林，跨越彩虹，準備返鄉加入救難行列。

或許，他可以組織一支種子大隊，到每座失去生命的森林撒種，當小綠這樣想著，說也奇怪，失眠許久的他竟然睡著了，夢裡，他看到地球的每個角落，都有一座又一座的奇幻森林。

森林愛地球

森林跟太陽、雨水是十分要好的朋友，當他們攜手合作，就可以讓動植物擁有優質的棲息環境。所以，你家附近，只要有一座森林，你就可以擁有美好的空氣。

高山上的茂密森林，是我們難以探索的所在。至於熱帶雨林，更是充滿長相奇特的生物，以及提煉各種藥物的植物，所以，地球人說熱帶雨林就是「地球上最大的藥房」。

當然，我們都不喜歡生病，森林也是如此，偏偏，因為森林火災以及地球人濫墾濫伐，森林每天都在消失之中。

想想看

1.森林用什麼方法愛地球？我們用什麼方法愛森林？

2.如果地球上沒有森林，會變成什麼樣？

國家圖書館出版品預行編目資料

地球的朋友們／溫小平作；蔡嘉驊繪圖.--初版 .
-- 台北市：幼獅，2011.10
面； 公分. --（多寶槅；175）(文藝抽屜）

ISBN 978-957-574-844-9 （平裝）

859.6 100016894

・多寶槅175・文藝抽屜

地球的朋友們

作　　者＝溫小平
繪　　圖＝蔡嘉驊
出 版 者＝幼獅文化事業股份有限公司
發 行 人＝李鍾桂
總 經 理＝廖翰聲
總 編 輯＝劉淑華
主　　編＝林泊瑜
編　　輯＝周雅娣
美術編輯＝李祥銘
總 公 司＝10045台北市重慶南路1段66-1號3樓
電　　話＝(02)2311-2832
傳　　真＝(02)2311-5368
郵政劃撥＝00033368

門市
・松江展示中心：10422台北市松江路219號
電話：(02)2502-5858轉734 傳真：(02)2503-6601
・苗栗育達店：36143苗栗縣造橋鄉談文村學府路168號（育達商業科技大學內）
電話：(037)652-191 傳真：(037)652-251

印　刷＝錦龍印刷實業股份有限公司
定　價＝250元
港　幣＝83元
初　版＝2011.10
書　號＝986239

幼獅樂讀網
http://www.youth.com.tw
e-mail:customer@youth.com.tw

行政院新聞局核准登記證局版台業字第0143號

幼獅文化公司／讀者服務卡／

感謝您購買幼獅公司出版的好書！
為提升服務品質與出版更優質的圖書，敬請撥冗填寫後（免貼郵票）擲寄本公司，或傳真（傳真電話02-23115368），我們將參考您的意見、分享您的觀點，出版更多的好書。並不定期提供您相關書訊、活動、特惠專案等。謝謝！

基本資料

姓名：……………………先生／小姐

婚姻狀況：□已婚 □未婚　職業：□學生 □公教 □上班族 □家管 □其他

出生：民國……………年……………月……………日

電話：（公）……………（宅）……………（手機）……………

e-mail：……………………

聯絡地址：……………………

1.您所購買的書名：**地球的朋友們**

2.您通常以何種方式購書？：□1.書店買書 □2.網路購書 □3.傳真訂購 □4.郵局劃撥
（可複選）□5.幼獅門市 □6.團體訂購 □7.其他

3.您是否曾買過幼獅其他出版品：□是，□1.圖書 □2.幼獅文藝 □3.幼獅少年
□否

4.您從何處得知本書訊息：□1.師長介紹 □2.朋友介紹 □3.幼獅少年雜誌
（可複選）□4.幼獅文藝雜誌 □5.報章雜誌書評介紹……………報
□6.DM傳單、海報 □7.書店 □8.廣播（　　　　）
□9.電子報、edm □10.其他……………

5.您喜歡本書的原因：□1.作者 □2.書名 □3.內容 □4.封面設計 □5.其他

6.您不喜歡本書的原因：□1.作者 □2.書名 □3.內容 □4.封面設計 □5.其他

7.您希望得知的出版訊息：□1.青少年讀物 □2.兒童讀物 □3.親子叢書
□4.教師充電系列 □5.其他

8.您覺得本書的價格：□1.偏高 □2.合理 □3.偏低

9.讀完本書後您覺得：□1.很有收穫 □2.有收穫 □3.收穫不多 □4.沒收穫

10.敬請推薦親友，共同加入我們的閱讀計畫，我們將適時寄送相關書訊，以豐富書香與心靈的空間：

(1)姓名……………e-mail……………電話……………
(2)姓名……………e-mail……………電話……………
(3)姓名……………e-mail……………電話……………

11.您對本書或本公司的建議：

廣　告　回　信
台北郵局登記證
台北廣字第942號

請直接投郵　免貼郵票

10045　台北市重慶南路一段66-1號3樓
幼獅文化事業股份有限公司 收

請沿虛線對折寄回

客服專線：02-23112832分機208　　傳真：02-23115368
e-mail：customer@youth.com.tw
幼獅樂讀網http：//www.youth.com.tw